「んっ……しょ……ん……っ」
ごしごしと上下にタオルを動かすたびに、
葵の瑞々しい唇から甘い吐息が漏れる。
おそらく本人は無自覚なのだろうが、
葵の所作はいちいちエロかった。

神辺瑠美 [Rumi Kanbe]
葵の友人でノリの良いギャル系美少女JK。
雄也にもフレンドリーに接してくる。
白鳥葵 [Aoi Shiratori]
雄也のお嫁さん志望な美少女JK。人を頼るのが少し苦手。
初恋の人である雄也の世話を焼くのが趣味。

月代千鶴 [Chizuru Tsukishiro]
雄也の頼れる上司で良き相談相手。
かなりの酒好きで現在彼氏募集中。
COFFEE BLACK
天江雄也 [Yuya Amae]
社会人三年目のくたびれサラリー
マンな主人公。
葵と暮らし始めてからは生活を
見直し中。

「雄也くん。おかゆ、もっと食べたいです」
ご機嫌の葵におかゆを食べさせる。
最初は恥ずかしがっていた葵だったが、
食べさせられているうちに
すっかり慣れたみたいだ。

くたびれサラリーマンな俺、7年ぶりに再会した美少女JKと同棲を始める１

上村夏樹

HJ文庫
1065

口絵・本文イラスト　Parum

Contents

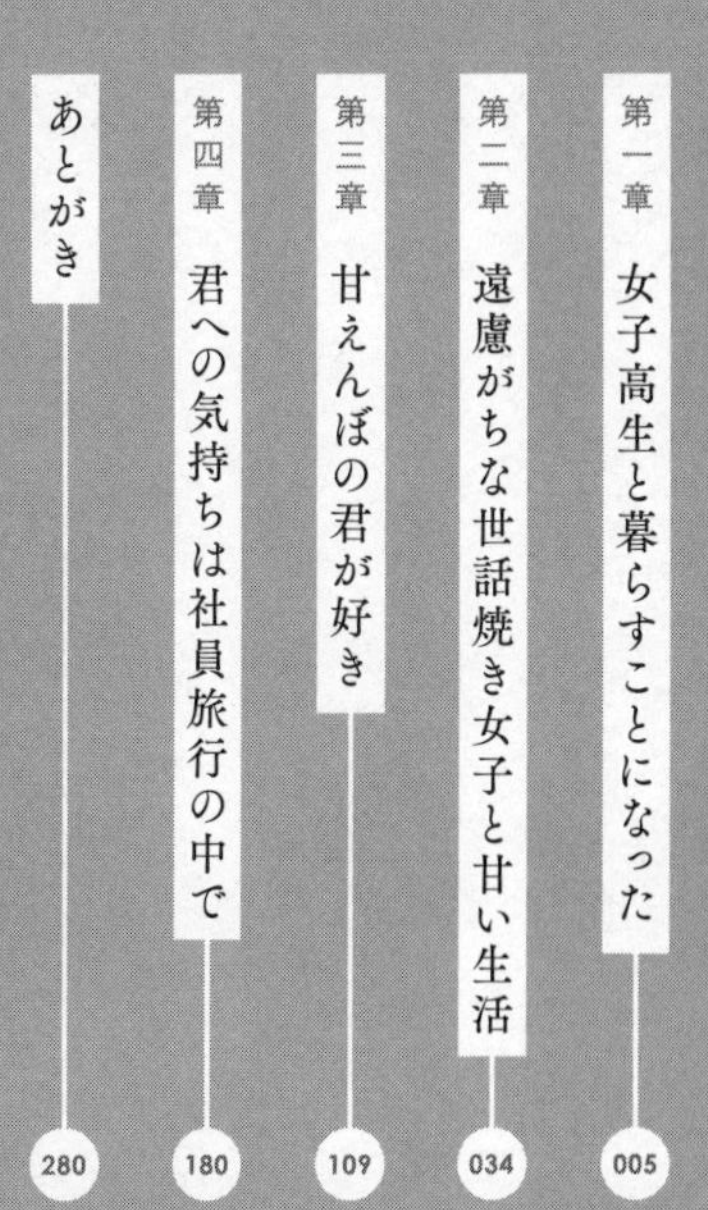

Kutabire Salaryman na Ore, 7nenburi ni Saikai shita Bishojo JK to Dosei wo Hajimeru

第一章　女子高生と暮らすことになった

静かなオフィスにキーボードの打鍵音が小気味よく響く。

まだ少し寒さが残る、四月初旬の夜。俺は仕事に忙殺されていた。

壁掛け時計をちらりと見る。時刻は二十時を過ぎていた。業務を終えた社員は早々に帰り、残業している社員は俺を含めて数人しかいない。

俺はソースコードを打ち込みながら嘆息した。

「はぁ……今夜は九時に帰れたらいいほうか」

「お疲れ様、雄也くん」

「うわっ！」

女性の声が聞こえた直後、首筋に熱いものが触れる。突然のことに体がビクンと震えた。

慌てて振り返る。やはり犯人は上司の月代千鶴さんだった。缶コーヒーを片手にニヤニヤと意地の悪い笑みを浮かべている。

「ち、千鶴さん。脅かさないでくださいよ」

「ふふっ。君はいいリアクションをするからね。ついからかいたくなってしまうんだ」

千鶴さんは「ほら。差し入れだよ」と言って、俺に缶コーヒーを手渡した。

「ありがとうございます……まったく。こういうドッキリは恋人とでもやってくださいよ」

「は？　いないが？」

切れ長の目が鋭さを増す。しまった。千鶴さんに恋人と年齢の話は禁句だった。

「雄也くん。どうして私の周りには理想の男性がいないんだ？」

「俺に言われても困るんですが……ちなみに、理想の男性の像は？」

「決まっているだろう。私よりお酒が飲めるイケメンだ」

「……その条件は難しそうですね」

千鶴さんは酒豪だ。彼女より酒が飲める人なんて会ったことがない。素敵な男性と出会う日はまだ少し遠そうだ。

「ふん。私の魅力が伝わらない世界なんて滅べばいいのに」

恐ろしい言葉を吐き、コーヒーをぐいっと喉に流し込む千鶴さん。呆れつつ、俺もコーヒーを一口飲む。

千鶴さんは俺の上司だ。こう見えて面倒見がよく、入社時からお世話になっている。

綺麗な黒髪。知的な雰囲気。グラビアアイドルのようなプロポーション。モテる要素は多いが、彼氏はいない。たぶん、酒豪なのと面倒くさい性格のせいだと思う。

「ところで雄也くん。ネクタイが曲がっているぞ」

「え？　あ、失礼しました。だらしなくてすみません」

慌ててネクタイを結び直す俺を見て、千鶴さんは笑った。

「悪い、叱るつもりはなかったんだ。取引先と会うときだけ注意してくれればいい」

「はい……あの、コーヒーありがとうございました。もう一仕事するので助かります」

「はぁ。君、まだ仕事するのか。今日はもう帰ったらどうだ？」

「帰りたいんですけど、他のメンバーの進捗も確認しないといけないので……」

SEという職種はシステム開発の設計をするにとどまらない。チーム全体のスケジュール管理は必須だ。プロジェクトの内容や進捗によっては、プログラマーのフォローをすることも多い。少なくとも、俺はそうしている。

「君は周囲に気を配りながら仕事をしているね。私が君を評価している理由の一つだよ……ところが、最近はどうも顔色が悪く見える」

「顔色……ですか？」

「ああ。新人の頃は覇気のある青年の顔をしていたが、今の君は過労でやつれている。まるで、くたびれたおっさんサラリーマンだ」

千鶴さんに心配されてはっとする。つい周りのフォローの走りがちだが、自分のことは見えていなかった。

俺、そんなにやつれて見えるのか……でも、おっさんは酷くないか？　俺、まだ二十四歳なのに……。

落ち込んでいると、千鶴さんはふっと微笑み、俺の肩をぽんと叩いた。

「ま、仕事が大変ならば、私を頼ってくれてもいいんだぞ？　私は君の上司だ。部下に頼られるのも上司の仕事なのだからな？」

優しい言葉が疲れた心にすっと染みていく。

こういうところがあるから、千鶴さんには頭が上がらない。本当に部下のことをよく見ている上司だ。

「……ありがとうございます。ヤバくなったら頼らせてもらいます」

「うむ。君自身、仕事のやり方を変えるのも手だけどね。今のやり方ではキツいだろ？」

「たしかに……」

「頑張りすぎて君自身が潰れたら元も子もないからね。優しさもほどほどにな」

千鶴さんは手を振りながら「それじゃあ、お先に」と言って退社した。

……仕事で疲れているのは図星だった。心身ともにくたびれてしまい、家事をする元気さえない。俺の部屋は荒れ放題だ。

「入社一年目のときは、まめに掃除とかしてたんだけどな……」

今年で入社三年目。プロジェクトに参加するようになり、任される仕事が多くなるにつれて残業も増えていった。その結果、どんどん疲労が溜まっていき、今日に至る。

「はぁ……仕事、終わらすか」

とりあえず、今はやるべきことをやろう。俺は缶コーヒーを飲み干して作業に戻った。

◆

結局、退社できたのは二十一時を過ぎた頃だった。

マンションの階段をのぼり、俺が暮らす二〇二号室のドアを開ける。

「ただいまー」

おかえりと言ってくれる同居人はいない。虚しさを感じつつ、仕事鞄を床に置く。

コンビニ弁当を電子レンジで二分ほど温め、それをスマホと一緒にテーブルの上に載せた。

「いただきま……うん？」

　スマホが振動している。画面を見ると、そこには「母」の一文字が映し出されていた。

「あっ……やべ。そういえば、昨日の夜に電話があったっけ」

　昨晩、俺が着信に気づいたのは寝る直前だった。今日の昼休みにかけ直そうと思っていたが、すっかり忘れていた。

　スマホを手に取り、画面をタップする。

「もしもし。母さん、ひさしぶり」

『ひさしぶり、じゃないわよ。昨日、電話したのに出なかったでしょ？』

「ごめん。かけ直すの忘れてた」

『あんた、社会人になってズボラになったんじゃないの？　学生時代はこんなんじゃなかったのに……ちゃんと生活できてる？　くたびれた社会人になってない？』

「まさか母さんにまで心配されるとは……大丈夫だよ。それより何の用？」

『あ、そうそう。雄也、葵ちゃん覚えてる？』

「葵？　うん、もちろん覚えてるよ」

　懐かしい名前を聞き、自然と頬が緩む。

　白鳥葵。昔、実家の近所で暮らしていた八歳年下の女の子だ。俺に懐いていて、よく面倒を見てあげていたっけ。

最後に会ったのは、葵が小学三年生の頃。進級を間近に控えた三月だった。

親の仕事の都合で白鳥家が引っ越して以降、俺たちは顔を合わせていない。

『葵ちゃん、雄也に会いたいんだって。今週の日曜日、あんたのマンションに行くってさ』

「それはかまわないけど、随分と急な話だな……って、俺の予定も聞かずにOKしたの？」

『いいじゃない。どうせ部屋でゴロゴロしてるんでしょ？』

「それは……まぁそうだけど」

何も言い返せなかった。納期前やトラブル対応を除けば、たしかに休日は暇である。

『葵ちゃん、高校二年生になったんだってね。しかも通ってる高校、あんたのマンションの近所って聞いて驚いちゃった。偶然よねぇ』

「高校……そっか。あの小さかった葵が、もう高校生になったんだ」

幼い頃の葵は優しい子だったが、泣き虫で鈍臭いところがあった。男子にからかわれたり、転んでひざを擦りむいているところを、俺が助けてあげていたのをよく覚えている。

そんな葵がもう高校生か……成長したんだろうな。今から会うのが楽しみだ。

「それにしても、急な話で驚いたよ。俺に何か用事でもあるのかな？」

『ああ、言い忘れてたわ。葵ちゃん、お母さんの仕事の関係で……あ、はーい！　ごめん、雄也。お父さんが呼んでるから電話切るわね。詳しい話は本人から聞いてちょうだい。午後一時頃に行くって言ってたから。よろしくね！』

「え？　ちょ、母さん！」

ツー、ツーと無機質な音がスマホ越しに聞こえる。通話が切れたのだ。

スマホをテーブルに置き、腕を組んで考える。

さっき母さんは葵の母親の話をしようとしていなかったか？　葵が俺に会いに来る理由と、どういう関係があるんだろう。

ひさしぶりに遊びに来るんだと思ったけど……他にも理由があるのかも。

「……っと、いけね。弁当が冷めちゃう。いただきまーす」

考えてもわからない。とりあえず、晩ご飯を食べよう。何か俺に用があれば、また連絡があるだろうし。

俺は自分しかいない部屋で静かにコンビニ弁当を食べるのだった。

◆

母さんと電話した日から数日が経った。

残業だけでもキツいのに、昨日は休日出勤をするはめになった。取引先が急な要件定義の変更を求めてきたからである。いわゆる客先トラブルだ。

幸いにも、重大な変更は免れた。だが、おかげでスケジュールの調整もしなければならない。少しでも作業を進めておきたくて休日出勤したのだ。

今日は日曜日。会社は休みだが、午後から葵が遊びに来る。休んではいられない。

今朝は目覚ましが鳴るよりも早く起床できた。葵が来るまで時間はたっぷりある。

「さて……午前中のうちに家事を終わらせて、もてなす準備をしておくか」

ベッドの中でもぞもぞと動き、スマホで時刻を確認する。時刻は十二時過ぎだった。

……十二時⁉　朝じゃないのか⁉

「まさか……寝坊した⁉」

スマホを放り投げ、慌てて跳び起きる。

嘘だろ。目覚ましより先に起きたつもりが、目覚ましに気づかず爆睡してたのかよ……！

約束の時間は午後一時。葵が部屋に来るまでもう一時間を切っている。

2DKの部屋を見回す。居間には漫画や空のペットボトルが散乱している。この状況では、とてもじゃないが客人を招き入れることはできない。

まずは掃除からだな……漫画やペットボトルは寝室に緊急避難させるか。別の洋室もあるけど、寝室と比べて出入りする回数も少なく、わりと綺麗な状態を保っている。葵が帰ったらすぐ片付けるとはいえ、散らかしたくはない。

あとは掃除機をかけて軽く拭き掃除をすれば、ひとまず大丈夫だろう。念のため、トイレの状態も確認しておくか。

それが終わったら、お茶菓子の用意だ。やることはたくさんある。

「ギリギリ間に合いそうだな……やるか！」

俺は急いで身支度を整えてから、慌てて掃除を始めたのだった。

◆

まもなく約束の時間を迎える。葵はまだ部屋に来ていない。

「ふぅー……なんとか間に合ったな」

部屋は綺麗になったし、お茶菓子や紅茶もさっき買ってきた。これで葵がいつ来てももてなせる。

ちょうどお茶菓子とティーカップの用意をしているとき、部屋のインターホンが鳴った。

「お、きたきた。はーい！　今でまーす！」

再会の嬉しさに胸を弾ませて、いざ玄関へ向かう。

ドアを開けると、そこには女の子が立っていた。

日曜日だというのに、彼女は制服姿だった。上はブレザー、下はチェックスカートを穿いている。

この制服は見覚えがある。たしか通勤時にすれ違う女子高生たちが着ていたはずだ。

顔はだいぶ大人びたが、優しい目元は昔の面影がある。

彼女は目を見開き、ぱちぱちと瞬きした。

「……天江雄也くん、ですか？」

「うん、そうだよ。ひさしぶりだね、葵」

「おひさしぶりです……雄也くん」

葵は目を細め、ふっと微笑んだ。

この可愛らしくて人懐っこい笑顔……雰囲気は少し変わったが、この子は俺の知っている白鳥葵だ。

「だいぶ背が伸びたね。昔はあんなに小さかったのに」

あらためて葵の立ち姿を見る。

身長は一六〇センチくらいだろうか。整った目鼻立ち。ふっくらした唇。セミロングの茶髪。さらに視線を落とすと、制服越しでもわかるほど大きな胸があった。なんかもう、いろいろと成長し過ぎである。

「雄也くんこそ、昔と違います。大人になって少しやつれたんじゃないですか？」

葵は心配そうに俺の顔を覗(のぞ)き込んだ。

やつれたって……職場で散々いじられたのに、葵にまで指摘(してき)されてしまうとは。

「……それ、俺がおじさんになったって意味じゃないよね？」

おそるおそる尋(たず)ねると、葵はぷっと吹(ふ)き出した。

「ふふっ。たしかにおじさんになったかも。でも、優しそうな見た目は昔のままです」

なんてこった。俺、やっぱり老(ふ)けたのか……。

ショックを受けていると、葵の横から妙齢(みょうれい)の婦人がひょいっと顔を出した。ドアに隠(かく)れていて気づかなかったが、もう一人客人がいたらしい。

「こんにちは、雄也くん」

「えっ……涼子(りょうこ)おばさん⁉」

「はい、涼子おばさんです。あらー、雄也くんったら、こんなにイケメンになっちゃって」

「イ、イケメンですか？」

「そうよぉ。とってもセクシーだわ。よかったわねぇ、葵。雄也くんが、かっこいいお兄さんのままで」

「お、お母さん！　余計なことは言わないでください！」

葵は顔を赤くして、涼子おばさんの肩をぽかぽか叩いた。

涼子おばさんは葵の母親だ。

葵の父親はすでに他界している。彼女が赤ん坊の頃、病気で亡くなったらしい。それ以来、涼子おばさんは女手一つで子育てをしている。

と、その話はおいといて……どうして涼子おばさんがいるんだ？

わざわざ親子で遊びに来るのは少し違和感がある。やはり今日はただ遊びに来たわけではなさそうだ。

まあ立ち話するのもアレだ。用件は室内でゆっくり聞くとしよう。

「二人とも、あがってください。狭い部屋ですけど、ゆっくりしていって」

「ありがとねぇ、雄也くん。葵。ちゃんと『お邪魔します』って言うのよ？」

「子ども扱いしないでください。それくらい常識です」

「あらあら。反抗期ねー」

「もう！　お母さん！」

葵は頬をふくらませて涼子おばさんに怒っている。

昔よく見た懐かしい光景に、おもわず頬が緩む。

「あはは。なんにもないですけど、お茶くらいだしますんで」

俺は二人を自室に招き入れた。

二人には先に座ってもらい、俺はキッチンに移動して紅茶を淹れた。ダージリンベースのアールグレイ。葵の好きなフレーバーティーだ。

ティーカップを運び、テーブルに置く。俺は並んで座る二人の対面に腰を下ろした。

葵はカップを持ち、あっと声を漏らす。

「爽やかな柑橘系の香り……雄也くん。この紅茶って……」

「うん。これ、葵が好きな銘柄だよね？」

「はい。覚えていてくれたんですね」

幸せそうに微笑む葵の隣で、涼子おばさんはニコニコしている。

「あらー。よかったわねぇ、葵。愛されていて」

「お母さんは少し黙っていてください」

「やだわぁ、そんなに怖い顔して。やっぱり反抗期ねぇ」

「お母さんのせいですよ！」

がるるる、と唸り、涼子おばさんを睨みつける葵。反抗期というか、涼子おばさんが娘をからかいすぎなんだと思う。

涼子おばさんは「あらあら」と葵を軽くあしらい、こちらに顔を向けた。

「ところで雄也くん。お仕事、忙しいんだってねぇ。あなたのお母さんから聞いたわよぉ？　毎日残業ばっかりだって。そんな中、時間を作ってくれてありがとう」

「いえいえ。俺も葵に会いたかったですし……あの、今日は何か用があって来たんですか？」

「えっと……あなたのお母さんから何も聞いてないの？」

「はい。葵が俺の部屋に来るとしか……」

「あらあら。それはサプライズね。ごめんなさい、私まで急に押しかけたりして」

「謝らないでください。俺も涼子おばさんに会えて嬉しいんですから。ただ、親子で来るくらいだから、何か大事な用があるのかなって」

「そうね……今日は雄也くんに相談があって来たの」

笑顔だった涼子おばさんの顔つきが真剣になった。

ただならぬ雰囲気を感じ、おもわず俺の背筋もピンと伸びる。

「お母さん。私から説明させてください」

涼子おばさんが話すより先に葵がそう言った。

「えっと……つまり、葵の相談事なのかな？」

「はい。私の今後についてです」

私の今後……なんだろう。かなり重たい話題っぽいな。「また昔みたいに仲良くしてください」みたいな、可愛らしい相談ではなさそうだ。

「わかった。俺でよければ葵の力になるよ。話してごらん？」

葵が少しでもリラックスして相談できるように、俺は笑顔でそう言った。

一方、何故か頬を赤らめた葵は、スカートの裾をきゅっと握って口を開く。

「私と、結婚を前提に同棲してくれませんか？」

その瞬間、時間がピシッと音を立てて止まった気がした。

聞き間違いじゃない。

葵は今、はっきりと「結婚を前提に同棲」と口にした。

「ちょ、ちょっと待って。いきなり何を言い出すんだ」

「いきなりではありませんよ。七年間、ちゃんと待ちました」

「七年間……？」

「はい。七年前……婚約したあの日から、それほど長い歳月が経ちました」

「こっ、婚約⁉」

七年前というと、俺が高校生の頃じゃないか。

当時、葵は小学生……幼い子ども相手に婚約とか何してんだよ、当時の俺。そういう趣味はなかったはずだろ。

駄目だ、完全にパニックだ。展開が早すぎて話についていけない。同棲？　婚約？　なんのことだかさっぱりだ。

「もしかして……婚約の件、忘れてしまいましたか？」

葵は、しゅんとした顔で尋ねた。

忘れるも何も、俺が小学生と婚約なんてするはずが……いや。涼子おばさんが一緒に来るくらいだ。本当に婚約したのかもしれない。

まずは葵の話を聞いてみよう。判断するのはそれからだ。

「悪い。当時のこと、よく覚えていないんだ……俺から結婚しようって言ったんだっけ？」

「いえ。私が結婚を申し込んだんです」

「そのとき、俺は何て答えたの？」

「『葵が大人になっても、まだ俺のことを好きでいてくれたら結婚しよう』と、爽やかな笑顔で言いました」

何その恥ずかしすぎる返事。今どき恋愛漫画でもないぞ、そのくだり。

「……ごめん、葵。当時の話を詳しく教えてくれる？」

「わかりました。私、九歳のときに引っ越しましたよね。覚えてますか？」

「うん、俺が十七歳の頃だ。涼子おばさんの仕事の都合で引っ越したんだよね」

「はい。私とお別れの挨拶をした日のこと、思い出せますか？」

「お別れの挨拶……」

七年前……かなり昔の話だ。順を追ってちゃんと思い出してみよう。

俺はあの日のことを脳内で再現してみた。

俺たちが最後に言葉を交わしたのは、葵が引っ越す当日。彼女が車に乗る直前だった。

季節は春。三月下旬で、風の強い日だった。あの年の桜は早咲きだったのを覚えている。

散った桜が春風に乗り、抜けるような蒼穹に吸い込まれていく。

車には先に涼子おばさんが乗り、俺と葵は別れの言葉を交わした。

「えぐっ……ひっく……」

「葵。泣かないで？　もう一生会えないわけじゃないだろ？」

「でも、もう気軽に遊べないですし……寂しいです」

「俺も寂しいよ。でも、葵の泣き顔を見たらもっと寂しくなる。だから……」

「……はい。もう泣きません。雄也くんを困らせたくないので」

「強いね、葵は。えらい、えらい」

俺はできるだけ優しく微笑み、葵の頭をそっとなでた。

こんなに懐いてくれているんだ。俺だって寂しいけど、最後は笑顔でお別れしたい。だって、今日という日を悲しい思い出にはしたくなかったから。

「葵。そろそろ行かないと。涼子おばさんが待ってる」

「はい。その……最後に一つだけ、ワガママを言ってもいいですか?」

「いいよ。ワガママって何?」

「その……わ、私、雄也くんのことが好きです。結婚してください!」

葵は顔を真っ赤にして、目をぎゅっとつむってそう言った。

十七歳の高校生と、九歳の小学生の会話だ。一世一代のプロポーズにしては微笑ましすぎる。

俺は葵を安心させてあげたくて、最後にもう一度だけ頭をなでた。

そして、こう言ったのだ。

「気持ちを伝えてくれてありがとう。それじゃあ、葵が大人になっても、まだ俺のことを好きでいてくれたら結婚しよう」

葵はこれから中学、高校と進学していく。その過程で、俺なんかよりずっと素敵な人にめぐり会うだろう。俺に抱いた恋心は『初恋の思い出』として、アルバムの一ページに刻まれるんだと思う。

だから、この甘酸っぱい告白もいつか忘れられてしまう……当時の俺はそう思っていた。

葵は驚いた顔をして、下から俺を見上げる。

「ほ、本当ですか?」

「うん。約束しよう」

その瞬間、葵の大きな瞳に決意が灯る。

「待ちます……私、高校生になるまで待ちます！　それまで可愛くて家事もできる、素敵なお嫁さんになれるように努力しますから！」

「そっか……大きくなった葵と再会できる日が楽しみだ」

「はい！　雄也くんもお元気で！」

葵は笑顔で別れの挨拶をした。もうすっかり涙は涸れている。

葵を乗せた車はゆっくりと発進した。

車が見えなくなるまで、俺は手を振り続けた。

すべてを思い出した俺は頭を抱えた。

「とんでもないこと言ってたよ、昔の俺……」

何が「まだ俺のことを好きでいてくれたら結婚しよう」だよ。そんな歯の浮くようなセリフ、イケメンしか許されないだろ。

……昔の俺はこういう恥ずかしいことを平気で言える男だった。イケメンかどうかはさておき、学生時代の天江雄也は今と違ってキラキラしていたのだ。

それにしても……あの約束、ずっと覚えていたのか。

今でも変わらず俺のことが好きだなんて……今でも慕われているのは素直に嬉しいが、告白を完全に忘れていたことには罪悪感を覚える。

「雄也くん。婚約のこと、思い出してくれましたか？」

「うん。忘れていて、本当に申し訳なかった」

「忘れていても仕方ありませんよ。昔の話ですから」

「……葵の気持ちは今も変わらないんだね？」

「その……はい。雄也くんが好きです。恥ずかしいこと言わせないでください。ばか」

葵は耳を真っ赤にしてそう言った。顔はもっと赤い。今にも頭のてっぺんから湯気がぷしゅーと出そうなほどだ。

こんなに可愛いらしい子に慕われて嬉しくないわけがない。

だけど、当時の俺は葵の告白を本気にしていなかった。時が経てば自然に忘れてしまう、子どもの淡い初恋だと思っていたのだ。それなのに、昔の話を持ち出して同棲したいと言われても正直困る。

「葵の気持ちはわかった。でも、いきなり同棲はちょっと……」

「雄也くん。その件だけど、私から説明するわね。仕事と関係があるから」

今まで黙って話を聞いていた涼子おばさんが会話に加わる。

「私の今の仕事、転勤が多くてね。先日、また転勤が決まっちゃったのよぉ」

「そうだったんですか。赴任先はどちらなんです？」

「それがオーストラリアなの」

「オーストラリア⁉」

まさかの海外だった。日本から気軽に行き来できる距離ではない。

「雄也くん。オーストラリアがどういう国かわかる？」

「あまり知識はないですけど、大自然が広がっているイメージですかね。エアーズロックとか、綺麗な珊瑚礁とか。あとコアラで有名な国だし……ユーカリの森もありますよね」

「詳しいわねぇ。私なんかコアラのこと以外ちんぷんかんぷんよぉ」

「涼子おばさんは知っていないとマズい気がしますけど……でもまぁ、あまり馴染みがないのは仕方ないかもですね」

「でしょ？　それでね、そんな遠い異国に葵を連れて行くのも可哀そうだなって思って。でも、葵を残して海外へ行くのも不安じゃない？　うちは旦那も亡くなってるし、頼れる親戚もいない。だから、葵に一人暮らしをさせないといけないんだけど……親としては心配でね」

涼子おばさんは「この子は大切な一人娘だから」と、葵を愛おしそうに見てつぶやいた。

なるほど。話が見えてきた。

涼子おばさんの「葵を一人にさせたくない」という気持ちと、葵の「今でも雄也くんが好き」という気持ち。二人の気持ちを汲んだ結論が「俺と葵が一緒に暮らす」なのだ。

俺もできるだけ葵の力になってあげたい。

でも、やはり同棲はハードルが高すぎる。そもそも、一人娘を成人男性に預けるのは親として心配ではないのか？

考えていると、涼子おばさんは俺の思考を読んだかのように話を続けた。

「私、雄也くんなら葵を任せてもいいと思っているわ」

「マジですか。そこまで信頼を得ていたとは……」

「雄也くんは昔から葵の面倒を見てくれていたでしょう？　そのときのあなたを見ているから、安心して預けられるわ。優しくて思いやりのある雄也くんは、葵を傷つけるような真似は絶対にしないもの。私の目に狂いはないわ」

「でも、社会人の男が女子高生と同じ部屋ですよ？　いろいろと問題がある気が……」

「そこは世間的には婚約者ってことにすれば大丈夫よ！　おばさん、二人の恋を応援しちゃう！」

　鼻息の荒い涼子おばさんの隣で、葵が「お母さん、やめて」と恥ずかしそうにしている。俺は「ははは」と愛想笑いをするしかない。

「まぁ婚約の件は半分冗談として……雄也くん。とりあえず、今は保護者としてでかまわない。この子の面倒を見てほしいの」

「保護者……ですか？」

「この子は料理も家事も得意だし、しっかり者だわ。一人暮らしをする能力は十分あると思う。でもね、やっぱり心配よ。この子は母子家庭の一人っ子だから、甘えんぼの寂しがり屋さんだもの。親としては可愛い一人娘に孤独を味わわせたくないわ」

　その気持ちは俺もわかる。

昔、涼子おばさんの帰りが遅いとき、葵は寂しくて泣いていた。そういうとき、葵は決まって俺にくっつき、甘えてきたのをよく覚えている。

「それにね、この子ったら『料理の勉強して、いつか雄也くんに褒めてもらうのが夢です』って張り切ってて。あれからずっと花嫁修業していたのよ？　健気よねぇ」

「お、お母さん！　それは内緒だって言ったじゃないですか！」

「照れなくてもいいじゃない。『雄也くんの身の回りのお世話もできるようにならなきゃ！』って言って、家事も率先してやっていたし」

「もう！　それ以上は言わないで！」

涼子おばさんの肩をぽかぽか叩く葵と目が合った。彼女は恥ずかしそうに口を開く。

「あの……いっぱいご奉仕しますので、雄也くんのそばに置いてください。だめ……ですか？　一緒に暮らせたら、すごく嬉しいです」

葵はもじもじしながら、上目づかいでそう言った。

昔の結婚の約束とか同棲の話を聞かされたときはどうしようかと思った。

だが、保護者として葵を預かるのなら話は別だ。

俺が葵の孤独を取り除いてあげられるのなら、保護者としてそばにいたい。この子にはまだ、誰かが隣にいてあげなくてはならないと思うから。

「わかった。保護者として葵を預かる。葵、一緒に暮らそう」

「本当……ですか？」

「うん。これからよろしくね」

「よ、よかったぁ……ありがとうございます」

葵は安堵（あんど）の笑み（え）を浮（う）かべた。女子高生になっても、その人懐っこい笑顔は昔から変わっていない。

隣で涼子おばさんも安心したような表情を浮かべている。

「本当にありがとう、雄也くん。いきなりのお願いなのに快く受け入れてくれて」

「いえ。話を聞いて、葵のこと守ってあげなきゃなって思ったんで」

「あらあら。熱いわねぇ。まるでお姫様（ひめさま）を守るナイトみたい。応援してるわよ！」

「え？　あ、いや。保護者として葵を守りたいという意味でして、涼子おばさんが期待しているような意味では……」

「うふふ。わかってるわよぅ。二人で仲良く暮らしてね？」

そう言いつつ、ニヤニヤしているんだけど……涼子おばさんめ。さては全然わかってないな？

「お母さん。これからお世話になる人に変なこと言わないでください」

葵はむすっとした顔で抗議した。雪のように白かった頬は、ほんのり赤くなっている。

「あら？　葵にとっても悪い話じゃないでしょう？」

「それは……こっ、こういうのは当事者の問題です！　お母さんは見守ってて！」

怒る葵とは対照的に、涼子おばさんは「反抗期ど真ん中ねぇ」と呑気なことを言っている。二人の仲の良さが垣間見える、微笑ましい光景だ。

「あの、雄也くん。これからよろしくお願いします」

「こちらこそ、よろしくね。葵の手料理、楽しみだな」

「雄也くんまでからかわないでください……ふふっ。期待に応えられるように頑張ります」

くすくすと葵は楽しそうに笑った。

これからは、この無邪気な笑顔を守っていかないとな。

「よかったわぁ。これで安心してオーストラリアに行ける。雄也くんのおかげだわ」

「いえ。葵のこと、放っておけませんから」

「うふふ。さすが雄也くん、頼もしいわぁ……そうだ。この近所に美味しそうな洋食屋を見つけたの。今晩はそこで食事しない？　二人の同居記念ということで」

「お、いいですね。近況報告に思い出話……話したいことは山ほどあります」

「そうよねぇ。葵も雄也くんの話を聞きたいと思うわ。ね？」

「はい。雄也くんが何のお仕事をされているのか気になります」

「そうか。言ってなかったっけ。ＳＥってわかるかな？　システムエンジニアの略なんだけど……」

夕飯の時間になるまで、俺たちは互い(たが)の近況を話し合うのだった。

第二章　遠慮がちな世話焼き女子と甘い生活

葵と涼子おばさんが部屋に来てから数日が経った。

今週の土曜日から本格的な共同生活が始まる。葵が俺の部屋に引っ越してくるのだ。

デスクで設計書を作成しつつ、今後について考える。

涼子おばさんが心配していたのは、葵の甘えんぼで寂しがり屋の性格だ。俺は保護者として、なるべく彼女のそばにいてあげる必要がある。

となると、二人の時間を確保したい……だが、残業続きの今の生活では無理だ。毎日夜遅くに帰宅しているし、休日は疲労で起きられない。これでは葵と過ごす時間が限られてしまう。どうにかして残業を減らさないと。

そういえば、以前、千鶴さんに愚痴をこぼしたとき、「君自身、仕事のやり方を変えるのも手だ」とアドバイスされたことがあったっけ。

……仕事の取り組み方、改善してみるか。

残業が減れば葵と過ごす時間は増えるし、私生活も充実する。葵の保護者として、できることも多くなるはずだ。

「そのためには、仕事と家庭、両方のやり方を変えていかないとな……」

「おや。今日はやる気に満ちているようだね、雄也（ゆうや）くん」

隣の席の千鶴さんが声をかけてきた。俺はいったんキーボードから手を放し、千鶴さんに顔を向ける。

「あはは。そんなやる気満々に見えますか？」

「見えるというか、先ほど『仕事のやり方を変える』とハッキリ言っていたけどね」

「あっ……そ、そうでしたっけ？」

「ところで――いつから家族ができたんだい？」

「は？」

核心（かくしん）をつく質問に、心臓がどくんと脈打つ。

葵と同居することは誰にも報告していない。どうして千鶴さんがその話を知っている？

「か、家族？　なんのことですか？」

「聞き間違えでなければ、先ほど君は『仕事』の他（ほか）に『家庭』とも言っていた気がするんだが」

しまった。さっきの独り言を聞かれていたのか。

「い、いやだなぁ。そっちの『家庭』じゃありません。『仕事の過程』って言ったんですよ。プロセスを見直さないとなぁと思いまして」

「ああ、なるほど。そっちか。てっきり君にラブラブな彼女でもいたのかと思ったよ」

おもわず吹きそうになった。いや違うから。葵とは、保護者として一緒に暮らすだけだから。

「まったく。千鶴さんったらおかしなこと言いますね。俺に彼女なんていませんよ」

「そうなのか？　君は真面目だし、容姿も悪くない。てっきり恋人の一人や二人いるのかと思っていたよ」

「二人いたらマズいでしょ……そんなこと言ったら、千鶴さんだって美人だし、恋人がいても不思議じゃない――」

「は？　いないが？」

千鶴さんの目から感情が死んだ。

いかん。この人が地雷持ちだってことを忘れていた。

「はぁぁ、恋人ほしい……私というソフトウェアを彼氏に優しくプログラミングしてもらいたい……」

「いや意味わかんないですって。プログラマーの彼氏がいいんですか？」

「違う！　二人で愛の仕様書を作成しようという意味だ！」

「余計わかりませんよ！」

愛の仕様書……ワードセンスが微妙に古風だ。昭和かよ。

「いいんだ、いいんだ。どうせ私は基本設計に重大な瑕疵を抱えた哀れな女さ……構築を見直してくれる王子様なんていないいんだ……」

自分を呪いつつ、仕事を再開する千鶴さん。最後まで具体性を欠く発言だったが、たぶん拗ねているんだと思う。

ふぅ……地雷を踏んで誤魔化せたのは幸いだったけど、女子高生と暮らすことがバレたら面倒だ。職場で迂闊な発言は避けよう。

壁掛け時計を見る。時刻はもう二十時だ。窓の外はすっかり暗くなっている。

今日も残業か……葵と暮らすことになれば、毎日こんな夜遅くに帰っていられない。ちゃんと対策を練らないと。

「はぁ……帰りてぇ」

ため息を漏らしつつ、再びモニターに向き合って打鍵するのだった。

◆

ピンポーン。ピンポーン。

部屋のインターホンが数回鳴った。

眠っていた意識が徐々に覚醒する。

「うーん……今何時だ？」

スマホを手に取る。時刻は十二時だった。

いかん。いくら土曜日で仕事が休みとはいえ、さすがに寝過ぎた。それだけ疲れが溜まっているってことか――。

ピンポンピンポンピンポーン。

思考をぶった切るように、インターホンが室内に鳴り響く。

「めっちゃ連打してくるじゃん……」

俺はもそもそとベッドから出た。まだ眠い目を擦りながら玄関に向かう。

「はーい。今でまーす」

ドアを開けると、そこには私服姿の葵が立っていた。

「こんにちは、雄也くん」

「こんにち……わっつ？」

「どうして寝間着(ねまき)姿なんですか……もしかして、忘れていたわけではありませんよね？」

葵がジト目で俺を見る。

そうだ……今日から葵と暮らすんだ。それに伴(ともな)い、彼女の引(ひ)っ越(こ)しの荷物が届く予定になっていたっけ。

「忘れてないよ。葵の荷物が届く前に、一緒に部屋を片付けようって約束したじゃないか」

「そのわりには寝起(ねお)きのようですが」

「うぐっ……」

「んもう。だらしないですね。ちゃんとしてください」

「ごめんなさい……」

十六歳(さい)に説教される社会人っていったい……さすがに情けなさすぎる。

「雄也くんはまず顔を洗ってくださいね。それから歯を磨(みが)いて、できれば寝癖(ねぐせ)も直してください。服装は……掃除(そうじ)や荷解(にほど)きを手伝ってもらうので、できるだけ動きやすく、なおかつ汚(よご)れてもいい服を……」

「わ、わかった。ちゃんと準備するから。とりあえず部屋に上がってよ」

部屋の前で女子高生に「支度(したく)しなさい」と言われるのは恥ずかしい。俺は話を区切って葵を部屋に招き入れようとした。

「わかりました。お邪魔します」

「お邪魔しますって……今日から葵の部屋でもあるんだぞ？　そんなに余所余所しくしなくても」

もう俺だけの部屋ではない。二人の部屋だ。「お邪魔します」は他人行儀だろう。

そう思ったのだが、葵は左右に首を振った。

「いえ。今回の件はかなり強引に押しかけてしまったので……ご迷惑をおかけします」

葵は律儀にぺこりと頭を下げた。

しっかり者で礼儀正しいのは結構だが、遠慮しすぎではないだろうか。幼馴染みたいなものなんだから、もっと昔みたいに馴れ馴れしくてもいいのに。

「葵。遠慮せず甘えてくれていいんだよ？」

「あ、甘えるなんて、そんな子どもっぽいことしません」

ぷいっとそっぽを向く葵。うーん。頑固だなぁ。少しずつでも心を開いてくれるといいんだけど……。

「では、失礼します」

葵は玄関に入り、バックリボンの付いた黒いパンプスを脱いだ。

白と黒のボーダーシャツに、下はデニムを穿いている。そして、手にはクリーム色のトートバッグ。シンプルなコーデかつ動きやすそうな服装だ。

前に会ったときは制服姿だった。再会してから私服姿は初めて見るけど、少し大人びて見える。

見惚れていると、葵と目が合った。

「……どうかしました？」

「あ、いや。私服姿、シンプルだけど大人っぽいなぁって」

「そ、そうですか……ありがとうございます」

「可愛いよ、すごく」

「ほ、褒めても何も出ません。そんなことより、目ヤニついてます。ばっちぃのは、めっ、ですからね？」

葵は顔を赤くして軽口を叩き、部屋の中に入っていった。

「褒めたのに怒られてしまった……年頃の子は難しいな」

とりあえず、顔を洗ってシャキッとしよう。

洗面所に向かう途中、ふと部屋から声が聞こえてきた。

「ふんふんふーん」

葵の鼻歌だ。何故かご機嫌である。

もしかして、私服を褒められて喜んでいる……とか？

「ははっ。素直じゃないなぁ」

大人びていても、年相応に可愛いところがあるんだな。

そんなことを考えながら、冷たい水道水で顔を洗った。

◆

一通り身支度を終えた俺は部屋に戻った。

葵はすでに掃除の準備を始めていた。ゴミ袋とビニール紐、ピンク色のハサミが床に置かれている。

「雄也くん。なんでこんなに居間が散らかっているんですか……」

葵はげんなりした様子でそう言った。

あっ……しまった。前に葵が来たときは、散らかっていたものを寝室に隠して誤魔化したんだっけ。

現在、居間には再び漫画や空のペットボトルが散乱している。これでは葵に文句を言われても仕方がない。

「ごめん。あの日から掃除してなくて……」

「それにしても、部屋が荒れすぎです。んもう。ちゃんとしないと駄目ですよ？」

そう言って、頬をふくらませる葵。いかん。また小言を言われてしまったぞ。

「面目ない……掃除道具、用意してくれてありがとね」

「いえ、いいんです。今後は私もお世話になる部屋ですから……では、先にゴミから片付けましょう。一般ゴミ、プラスチックゴミ、ペットボトル、紙でわけましょうか。ゴミ袋等はこちらに用意しましたので」

「おっけー。了解した」

俺はその辺に転がっているペットボトルを拾い上げた。

「雄也くん。ラベルとキャップは……」

「わかってるって。剥がしてプラスチックゴミに分別するんでしょ？」

「さすがに知っていましたか。いい子、いい子」

「子どもか、俺は」

「ふふっ。そう言われると、たしかに子ども部屋みたいです」

葵にからかわれつつ、ペットボトルをキッチンへ持っていく。軽く水洗いをして、ラベルとキャップは分別してゴミ袋に捨てた。

作業をしながら、ちらりと葵を見る。

葵はテキパキとゴミを分別しながら捨てていった。迷いなく分別していることから、普段から家事をやっているのだろうと容易に推測できる。

床に置かれた漫画は、巻数をきっちりそろえて本棚に入れて整理してくれた。その他の不要な雑誌は紐で縛り、いつでもゴミ捨てができる状態にある。

正直、驚いている。昔の葵は家のお手伝いをしてよく失敗していたと、本人から聞いたことがあるからだ。食器を洗おうとすれば皿を割り、洗濯機を回そうとすれば食器用洗剤を入れ、外の掃き掃除をすれば近所の犬に追いかけられていたらしい。

そうか……空白の七年間で、葵はしっかり者に成長したんだな。

掃除をする葵を眺めていると、ふと目が合った。

「えっと……何か？」

「うん。手際いいなって思ってさ。家事、得意になったんだな」

「それは……花嫁修業しましたから。雄也くんに好きになってもらえる女の子になりたかったので」

葵の形のいい耳が林檎みたいに赤くなっている。無自覚なんだろうけど、甘えるような上目づかいでこちらを見ている。甘えたりしないいんじゃなかったのか？

「私の話はおいといて、雄也くんも掃除くらいできなきゃ駄目ですよ？」

「うっ……頑張(がんば)ります」

「ふふっ。掃除、嫌(きら)いなんですか？」

「嫌いというか、仕事で忙(いそが)しくて掃除する元気がないんだよなぁ……」

「そういえば、この前もお仕事が忙しいと言ってましたね……ふむふむ」

　葵は難しい顔をして、顎(あご)に手を当てて何かを考えている。

　その険しい表情は、やがて破顔した。

「では、雄也くんが毎日元気に過ごせるように、私がいっぱいお世話しますね」

　それは旦那さんを支える献身的(けんしんてき)なお嫁さんの発言に他ならない。

　気恥(きは)ずかしさがこみ上げてきて、自然と頬が熱くなる。俺の同居人、どうして無自覚に新妻(にいづま)オーラ出してくるの？　眩(まぶ)しすぎるんだが。

「雄也くん。どうかしましたか？」

「いや、なんでもないよ。次は何やろうか？」

「そうですね……では、窓拭(まどふ)きをお願いします。掃除道具はトートバッグに入れて持参したので、それを使ってくだ――きゃっ！」

　トートバッグに近づいた葵は、付近に置いてあったゴミ袋につまずいた。

「あぶない！」

俺は咄嗟に葵を抱き留めた。

「ふう……大丈夫？　怪我はない？」

「は、はい……ありがとう、ございます……」

「どうしたの？　やっぱりどこか痛む？」

「いえ、その……この状態が恥ずかしくて」

言われてはっとする。

葵の腰に手を回し、密着するように抱き合っていた。

腕から伝わる葵の体温。それに柔らかい感触……特に胸だ。大きな胸は形を変えるほど、むにゅっとくっつけられている。

再び顔が熱くなっていることに気づく。女子高生相手に恥ずかしがるなんて……葵がいろいろと成長しすぎなせいだ。

俺は慌てて葵を解放した。

「ご、ごめん！　嫌だった？」

「嫌なわけないじゃないですか……意地悪な質問しないでください。ばか」

その反応が可愛すぎて、俺も余計に恥ずかしくなる。なんだこれ。ウブな学生カップルかよ。甘酸っぱすぎだろ。

この気まずい空気をどうしようか考えていると、葵は笑った。

「ふふっ。なんだか子どもの頃みたいですね。私、昔はおっちょこちょいで、よく転んで怪我していました。いつも雄也くんに絆創膏を貼ってもらっていたっけ……懐かしいです」

「あはは、そんなこともあったたね。あの頃みたいに、おまじないしてあげよっか？　痛いの痛いのとんでけーってやつ」

「ふふっ。子どもじゃないんですから。そんな幼稚なことしません」

否定しながらも、葵は嬉しそうだった。こういう無邪気な表情は変わっていない。

七年も経てば、人は変わる。見た目だけではない。中身もだ。

だけど、色褪せない面影というものも確かにある。

そんな当たり前のことを実感した、同居初日の午後だった。

◆

「終わったぁぁ……！」

掃除を終えた達成感と疲労のせいか、自然とそんな声が漏れた。

部屋は入居したての頃みたいに綺麗になった。これも全部、葵のおかげである。

葵には、俺の寝室とは別の洋室をあてがった。

洋室には俺の私物や生活用品のストックが置いてあったが、大した量ではない。それらを撤去し、掃除をしておいて、荷物が届いたらそのまま使ってもらうことになった。

俺はピカピカになった居間の床に寝転んだ。天井を見上げて、ふぅとため息をつく。

そのとき、視界の端から葵の顔がひょいっと現れた。

「休んでいる暇はありませんよ、雄也くん。そろそろ私の荷物が届きます」

「えー。少しくらい休んでもいいんじゃない？」

「一度休むと、次に動くとき億劫になります。ほら。荷物が来る前に、家具を置く場所の確認を……」

ぐぅー。

お腹が鳴る可愛らしい音がした。

この場には二人しかいない。俺じゃないとすれば、犯人は葵だ。

葵は気まずそうに目を伏せた。心なしか頬も赤い。

なんだ、お腹すいているのか。言ってくれればいいのに……いや。年頃の女の子は「お腹ぺこぺこ」と言うのも恥ずかしいのかもしれないな。

俺は上体を起こし、自分の腹を擦った。

「少し休もうよ。俺、お腹が減って動けないんだ。起きてから何も食べてないし」

お腹の音の件には触れずに、空腹を訴えてみる。特別お腹がすいたわけじゃないが、葵も何か食べたいだろう。

「ま、まぁそうですね。『腹が減っては戦ができぬ』とも言いますから。雄也くんの意見に賛成です」

助かったとばかりに葵は首肯した。素直じゃないなぁ……まぁそこも可愛いといえば可愛いのかもしれないが。

「どうする？　デリバリーでも頼む？」

「いけません。贅沢ですよ」

「贅沢って……葵は真面目だな」

「そんなことありません。雄也くんがだらしないだけですよ」

軽口を言う葵だったが、語気は柔らかかった。どうやらご機嫌みたいだ。

しかし、幸せそうな葵の表情が見る見るうちに失望の色に染まっていく。

「……なんですか、これは」

葵は冷蔵庫を開けて眉をひそめた。

「なんですかって……冷蔵庫だね。いわゆる家電製品だ」

「知ってますよ。なんですか？　私のこと、原始人だと思っているんですか？」

「いやそんなこと思ってないって」

「私が言いたいのは冷蔵庫の中身のことです！」

葵は冷蔵庫の中をビシッと指さした。

「どうして空っぽなんですか」

「よく見て。お茶と牛乳、マヨネーズがある」

「お野菜は？　お肉は？　チーズやベーコンなどの加工食品は……？」

「ない」

「信じられません……」

葵は頭を抱えてしまった。自炊をしない一人暮らしの男の冷蔵庫なんてそんなものだろう。人によっては、その他の調味料とビールが追加されるくらいだ。

「雄也くんは普段おうちで何を食べているんですか？」

「コンビニ弁当とカップ麺」

「不健康です。死にますよ？」

「そこまで言う⁉」

「けっして大げさじゃありませんよ？　不健康な食生活を続けていると、大病を患うかもしれません」

「うっ。それを言われると反論できない……」

食生活だけでなく、残業のせいで生活リズムも不規則だ。いつか健康診断に引っかかるだろうなと自分でも思っている。

「はあ。仕方ありませんね。スーパーに食材を買いに行きましょう」

「えっ？」

食材を買いに行くってことは、まさか……。

「それって葵が手料理を振る舞ってくれるってこと？」

「はい。ご迷惑でなければ、ぜひ」

「迷惑なもんか。すごく嬉しいよ。葵の料理、楽しみだなぁ」

「そう言ってもらえると、こちらも作りがいがあります……ふふふ、腕が鳴りますね！では、お買い物に行きましょう！」

葵がテンション高めでそう言ったとき、インターホンが鳴った。

『こんにちはー！　チョット引越センターでーす！』

引っ越し業者の声が玄関のドア越しに聞こえる。葵の荷物が届いたのだ。

「私としたことが……舞い上がってしまい、荷物の受け取りを失念していました」

「あはは。葵はおっちょこちょいだなぁ」

恥ずかしそうにしている葵をからかうと、彼女は顔を赤くして俺を睨んだ。

「ぐぬぬー……もう！　雄也くんの冷蔵庫が空っぽのせいですよ！」

「はい、ごめんなさい！」

俺は平謝りしつつ、逃げるように玄関に向かったのだった。

◆

葵の荷物を受け取ったあと、俺たちは着替えてから近所のスーパーに向かった。

陽は沈みかけ、街はオレンジ色に染まっている。夕陽の色が優しい。休日のこの時間は家でダラダラ過ごしているため、夕暮れの街並みを見るのは久しい気がする。

「雄也くん。何が食べたいですか？」

「うーん。葵が作ってくれるのなら何でもいいけど」

「むぅ。そういうのが一番困ります。リクエストしてください」

「そうだなぁ……じゃあ、ハンバーグで」

「ハンバーグなら、コンビニ弁当でよく食べているのでは？」

「まあね。でも、葵の手作りハンバーグが食べたいんだ」

「そ、そうですか……わかりました。作って差し上げます」

葵は「挽き肉と玉ねぎ……牛乳は冷蔵庫にありましたよね」と、購入する食材を考え始めた。俺は彼女の歩幅に合わせて隣を歩く。

しばらくして、目的地のスーパーに到着した。

ここは大手スーパーの系列店で、価格も安く、品揃えもそれなりに多い。近隣住民はよく利用していると思う……まあ俺はほとんどコンビニで済ましてしまうのだが。

「さて。何から買う？」

買い物かごを持ち、葵に尋ねる。

「まずはお野菜からにしましょう」

「おっけー。さっき玉ねぎを買うって言ってたよな」

俺は通りかかった野菜売り場で玉ねぎに手を伸ばした。

「ていっ」

「いてっ」

葵にぺしっと手を叩かれた。

「あ、葵？　玉ねぎ買うんじゃないの？」

「玉ねぎなら何でもいいわけではありません。ちゃんと選びましょう」

「細かいなぁ……」

「雄也くんが大雑把すぎるんですよ。いいですか？　玉ねぎは最初に表面を見てください。皮が綺麗で傷がないものを選ぶんです」

「へぇ。じゃあ、これはどう？」

「どれどれ……見た目はいいですが、ちょっと軽いですね。もっとずっしりしているほうがいいです。重い玉ねぎのほうが水分を含んでいて、新鮮で美味しいんですよ」

葵は「球形に近いものはなおいいです」と言いながら、玉ねぎを選んでいく。

「普段から考えて食材を買っているんだね。買い物の仕方がベテランの主婦みたいだ」

「ふふっ。ベテランなんかじゃありません。雄也くんに初めて料理を振る舞うわけですし、今日がデビュー戦みたいなものですよ？」

「そっか。じゃあ、俺はなんのデビュー戦になるんだろ？」

「若い女にお世話される男のデビュー戦、ですね」

「それもう介護じゃん。ホームヘルパーのデビュー戦みたいに聞こえるよ」

「デビューおめでとうございます。雄也おじいちゃん」

「年寄り扱いしないでくれる⁉」

まだおっさんのほうがマシである。たしかに、葵には随分と助けられてはいるが、雄也おじいちゃんは酷い……いや待てよ？

葵にからかわれて気がついた。

保護者の立場である俺のほうが、未成年に世話焼かれまくってるじゃん……！

俺が立ち止まると、葵の動きもピタッと止まった。

「雄也くん？　どうしました？」

「その、なんだ。ダメダメな保護者で悪いなと思って。これからは、もっとしっかり者になれるように頑張るから」

「そんなことありません。雄也くんは昔から優しくて、頼りになって……今回も私を受け入れてくれたこと、すごく感謝しているんですよ？」

「それとこれとは話が別だよ。これじゃあ、どっちが保護者かわからない」

「いいんです。私、雄也くんのお世話ができて、すごく幸せなんですから」

「そうは言ってもなぁ……」

「むしろ申し訳なく思っています。いきなり押しかけて、一緒に暮らしたいだなんて……私、ワガママですよね」

「葵……」

まさか葵がそんなふうに思っていたなんて……「お邪魔します」だなんて遠慮がちな態度もそのせいか。ワガママだなんて、これっぽっちも思っていないのに。

「ねえ。俺のこと、葵にワガママを言われたくらいで、迷惑に感じる男だと思う？」

「そ、それは……思いません」

「だったら、もっと俺を頼ってほしい。遠慮なんてしないでよ。たしかに俺はくたびれたおっさんかもしれないけど、今は葵の保護者なんだから」

「雄也くん……」

「その……俺たち、今日から家族みたいなものでしょ？　だから、もっと昔みたいに甘えてくれていいんだ」

少しかっこつけすぎただろうか。昔は恥ずかしいセリフも普通に言えたけど、今は少し照れくさい。

葵は不思議そうに俺を見上げて、ほんのり頬を染めた。

「雄也くん……ありがとうございます。善処します」

「いや善処って。どこでそんな言葉を覚えたんだよ……やっぱり俺は頼りないか？」

「そ、そうじゃなくて。急に甘えるなんて……無理です。恥ずかしいもん」

俺からそっと視線を外し、もじもじする葵。それもう「本当は雄也くんに甘えたい！」のサインでしょ。ばっちり甘えてるじゃんか。

うーん……無自覚に甘えることはできても、意識的にはできないのか。困ったな。

「じゃあ、何か欲しい物ある？　なんでもいいぞ」

「えっと……特に思いつきません。いいです、べつに」

「手ごわいな……なら俺にしてほしいことは？」

「雄也くんにしてほしいこと……？」

「ああ。何でもいいよ」

「では、一つだけ」

「なに？　言ってごらん？」

「あまり『保護者』を強調しすぎないでください。私、その……雄也くんと結婚したいんですからね？　もう少し『お嫁さん』としても見てほしいです……だめ？」

葵はいじけたようにそう言った。

あまりにも可愛らしいおねだりに、頭がくらっとする。葵の中で、これは「甘える」に入らないのが不思議でしょうがない。

「おっけー、わかった。善処する」

「あ、ずるいです。逃げましたね？」

「逃げてないって。葵の気持ちはちゃんと伝わってる。でも、今は葵が新生活に慣れるのが先だよ」

などと言いつつ、さっきのおねだりにドキッとしたのは内緒にしておこう。

俺たちは中断していた買い物を再開した。

店内を回り、ハンバーグに必要な食材を買い物かごに入れていく。

かごの中にあるのは、夕飯と明日の朝食の食材、それから生活用品のみ。やはり遠慮しているのか、葵は自分のものを買うつもりはないらしい。

……今のままでは駄目だ。葵に遠慮せず甘えてもらえるように、もっと俺自身が変わらないといけない。

そんなことを考えていると、葵が急に立ち止まる。

視線の先には葵と同い年くらいの少女がいた。

金髪ポニーテール。右肩が大きく空いたニット服。短いスカートに黒いブーツ姿だ。見た目はギャルっぽい印象を受ける。

「あれ？　葵っちじゃね？」

少女は手を振り、こちらに駆け寄ってくる。

葵っちとあだ名で呼んでいたので、二人はそれなりに親しい仲なのだろう。

「あ、瑠美さん。こんばんは」

「ちすちす。葵っち、このスーパー利用してんの？　ヤバくね？　あたしと一緒じゃん」

「ふふっ、ヤバいですね。まさか瑠美さんとスーパーで会うとは思いませんでした」

「でしょー。マジウケんね」

「はい。マジウケます」

あはは、と二人は笑い合った。

正反対の二人に見えて、意外とウマが合うらしい。葵にも学校に友達がいるようでよかった。今度、涼子おばさんにも報告しよう。

「雄也くん。紹介します。こちら、神辺瑠美さん。クラスのお友達です」

「はじめまして。よろしくね、瑠美ちゃん」

「はーい。よろしくお願いしまーす……ん？　むむっ？」

何故かわからないが、瑠美にじぃーと見つめられてしまった。なんだ？　俺の顔に何かついているのか？

「……雄也さんって、葵っちのお兄さん、みたいな？」

「え？」

瑠美は俺から視線を外し、葵に顔を向けた。

「ねえ、葵っち。お兄さんなの？　あんまし似てなくない？　それに、ちょい歳離れてるっぽくね？」

「へっ？　そ、それは、その……」

同居人とは言えない。かといって、上手な嘘も思いつかない。葵はそんな困り顔であたふたしている。

「おやおや？　もしかしてー、言えない仲なん？」

「いえ。そういうわけではないんですけど、その……」

「じれったいなー。んじゃ、雄也さんに聞いてみよっと。ねね、雄也さん。葵っちとはどういう関係？」

「うーん。そうだなぁ……」

さすがに保護者である旨を説明するわけにはいかないよな。具体的な関係性は伏せて本心だけ伝えるか。

「葵は俺にとってすごく大切な子だよ」

ただ思っていることを口にすると、隣で葵が顔を赤くしていることに気がついた。何故か口をぱくぱくさせている。「雄也くん、何言ってるんですかー！」とでも言いたそうだ。

「え、マジ？　年上のカレシ？　やっぱ、超エモいんですけど！」

瑠美は目を輝かせて葵の手を取り、上下にぶんぶん振った。いや彼氏ではないんだけどね……。

「葵っち！　やるじゃん！　どこでこんなイケメン彼氏をゲットしたの⁉」

「ど、どこでと言われましても……昔、近所で面倒を見てもらっていた人で……」

「昔に近所って……まさか幼馴染⁉　マジかよ！　エモすぎだぜ、葵っち！　略してエモいっち！」

「変なあだ名つけるのやめてください！　あの、このことはクラスの皆さんには内緒にしてほしいんですが……」

「おけー。そのかわり、いろいろ教えてよー。ねね、もうちゅーした？」

「し、してませんっ！」

ぐいぐい来る瑠美に抗議する葵。ちゅーという言葉に反応したのか、恥ずかしそうにしている。

二人がじゃれ合う様子を微笑ましく思っていると、瑠美のスマホが鳴った。

「あ、ママからだ……『おつかいまだ？』だって。やばー、ママおこかも。葵っち。あたし、もう行くね」

「はい。あの、このことはくれぐれも……」

「ご内密に、ってヤツっしょ？　わかってるって。雄也さん、葵っちのことよろしくー」

「うん。こちらこそ、葵と仲良くしてくれると嬉しいな」

「おおー、なんか大人っぽいセリフ！　もちでーす！　じゃあね、お二人さん！」

瑠美は手をぶんぶん振って鮮魚売り場に走っていった。

「人懐っこくて、賑やかな子だったね」

「そんなことより、雄也くん。さっき瑠美さんにどういう仲か尋ねられたとき、どうしてあんなこと言ったんですか？」

「別にいいじゃないか。あの発言で同居しているなんて思わないだろうし。というか、葵こそ『カレシ』の件、否定しなかったよね？」

「そ、それは……恋人に間違えられて嬉しかったから……」

「ごめん、声が小さくて聞こえなかった。今なんて言ったの？」

「な、なんでもないです！　とにかく、あまり不用意なことは言わないでくださいね。困るのは雄也くんなんですから」

「それはまぁ……誤解を生むような言い方をして悪かったよ。でも、俺にとって葵が大切な子だっていうのは本当のことだから」

「なっ……そんな嬉しいこと言わないでください。反則ですよ」

葵は口をもごもごさせて黙ってしまった。彼女の頬はまだ赤い。

「……私だけドキドキしてずるいです。ばか」

「え、怒ってるの？」

「怒ってません。ばか」

そうはいっても、さっきから語尾に「ばか」がついているの、気になるんですが……。

「……ふふっ。雄也くんの困った顔、なんだか愛嬌がありますね」

葵は照れくさそうに笑った。

よくわからないけど……笑っているってことは、怒ってはいないのかも。

「さ、雄也くん。お会計しましょう」

「うん。早く買って帰ろう。もう空腹に耐えられないよ」

「ふふっ。お腹すかして、子どもみたいです」

いや、君もさっきお腹を鳴らしていたよね？

……などと、からかうのはやめておこう。

葵にまた「ばか」と言われるのが目に見えているからだ。

◆

「どうぞ、召し上がれ」

葵はエプロンを外して俺の対面に座った。

食卓には俺がリクエストしたデミグラスハンバーグがあった。付け合わせには目玉焼き、ミニトマト、フライドポテト。大皿にはシーザーサラダが盛り付けてある。

「おおー！　めっちゃ美味しそう！」

「ふふっ。腕によりをかけた自信作です。さあ、冷めないうちに食べましょう」

「そうだな。いただきます！」

ハンバーグに箸を入れると、中からじゅわっと肉汁が溢れ出た。この時点で絶対に美味いと確信する。

緊張した面持ちの葵に見守られつつ、俺はハンバーグを一口サイズに分けて口に運んだ。

噛んだ瞬間、ハンバーグがほろっと崩れる。柔らかくてジューシーだった。熱々の肉汁が舌を包み込んでいく。肉の旨味がすごい。デミグラスソースも濃厚だ。

こんなに美味しいハンバーグを食べたのはいつ以来だろう。普段食べているコンビニ弁当では味わえないクオリティーだ。

「はふはふ……葵。すごく美味しいよ」

「本当ですか？　よかったです」

　葵はほっと安堵の表情を浮かべた。

「雄也くん。お野菜も食べてくださいね？　コンビニ弁当やカップ麺では栄養が偏りすぎです。食物繊維やビタミンをしっかり取らないと」

「その言い方、なんだかお母さんみたいだ」

「むぅ。私、まだ女子高生です」

　ぷくっと頬をふくらませる姿が可愛くて、思わず笑ってしまう。

「ははっ、ごめん。でも、驚いたよ。花嫁修業をしたって言っていたけど、料理の腕前は特にすごい」

「雄也くんに美味しいご飯を作ってあげたくて……料理の勉強は頑張ったんです」

「……葵は立派だな。俺も葵の隣にいて恥ずかしくない大人になれるように努力するよ」

「そんなこと……雄也くんはとっくに私の中で……って、そんなに急いで食べると喉に詰まらせますよ？」

「箸が止まらないんだ。美味しすぎる」

「そ、そうですか……あっ。雄也くん、口元にソースがついてます」

葵はティッシュを手に取り、俺に顔を近づけて口元を拭った。突然の出来事にドキッとする。

「はい、綺麗になりましたよ。もう。子どもじゃないんですからね？」

「あ、うん。ありがとう……」

これは……本当に年下の女の子にお世話されてしまっている。なんだか気恥ずかしい。

だけど、とても心地よい時間だなと思った。

一人暮らしでは享受できなかった、大切な人と囲む温かい食卓。まだ同居初日だけど、二人暮らしっていいなと思った。

「雄也くん。ご飯のおかわりもありますよ？」

「ありがとう。いただきます」

「ふふっ。たくさん召し上がれ」

柔らかく笑う葵につられて、俺の頬も自然と緩む。

食事中、俺たちは幸せな時間を過ごした。

◆

食後、葵は食器を洗い、拭くのは俺が担当した。

葵はスポンジに食器用洗剤を垂らすと、手際よく泡立てて食器を洗っていった。やはり家事は手慣れているなと、あらためて実感する。

食器を洗い終えると、しばし談笑したのち、今日届いた荷物の話題になった。

段ボールは全部で五箱ある。中にはそれなりに重い箱もあった。

「雄也くん。荷解きですが……」

葵は段ボールをちらちら見ながら、何かを言いにくそうにしている。

……部屋の掃除に買い物、さらには料理までしてくれたんだ。葵も疲れているだろう。

「俺、荷解きは明日がいいかな。今晩はくつろぎたいかも」

「で、ですよね。明日も休日ですし、そうしましょう」

ほっと安堵のため息をつく葵。素直に「今日は疲れたから荷解きしたくありません」と言ってくれたらいいのに。

俺は立ち上がり、段ボールを葵の部屋に移動させた。

「さて……このあとどうしよっか」

「よかったら、お先にお風呂どうぞ。私はあとで構いませんので」

葵は「さっき湯を沸かしておきましたから」と付け加えた。言動も行動も、完全にお嫁さんのそれである。

「えっと……じゃあ、お言葉に甘えようかな」

「あ、そうだ。シャンプーが切れかかっていましたよ？」

「マジか。ストック買ってなかったっけ」

休みの内に買っておかないとな……と、そこまで考えて閃いた。

「葵。明日、荷解きが終わったら午後から買い物に行かない？」

「え？　二人でですか？」

「うん。お互いの話でもしながら、のんびり買い物しようよ」

今日はひさしぶりに葵と二人で過ごした。葵の変わったところ、変わらないところが少しずつわかってきたと思う。

でも、まだまだ知らない一面もある。例えば、葵の学校生活の様子だ。

明日は葵を買い物に連れ出して、カフェでお茶でもしよう。そこでゆっくり学校の話を聞きたい。

葵は「買い物……また一緒にお出かけできるんですね」と嬉しそうに笑った。

「わかりました。私もついて行きます。雄也くんにおつかいを頼むと、余計なものまで買ってきそうですからね」

「笑顔で軽口を叩かれてもな……」

「何か言いましたか？」

「いや何も。葵は昔と変わらず可愛いって話」

「むー。また子ども扱いしてませんか？」

「あはは。してないって。じゃあ、お風呂いってくるね」

葵に睨まれつつ、脱衣所に移動した。洗濯かごに脱いだ服を入れてから風呂場に入る。

ぬるめのシャワーを頭から浴び、長く息を吐く。

「ふぅー……大変な一日だったな」

髪をシャンプーで洗いながら、今日一日を振り返る。

葵にちくちくと言われることもあった。でも、そのほとんどは俺を心配してくれているが故の小言だ。彼女の言葉にまったく棘はなく、むしろ優しさを感じる。

二人でいる時間は楽しかった。掃除したり、買い物に行ったり、料理を振る舞ってもらったり……思い返せば、葵のお嫁さんスキルが大爆発だった一日である。

花嫁修業をしたと言っていたっけ……相当努力したんだろうな。

「……俺も負けてられないな。保護者らしく、頼れる大人にならないと」

髪を洗い流し、シャワーを止める。

そのとき、ドアが開く音がした。

「失礼します」

背後で葵の声が聞こえた。

おそるおそる振り返る。

体にバスタオルを巻いた葵が、もじもじしながら立っていた。

バスタオルの上からでも葵のスタイルの良さがわかる。いや、むしろ体にぴったり巻かれているからこそ、体の美しいラインがより際立っていた。

セクシーなのは体だけではない。浮き出た鎖骨。胸元のほくろ。そして紅潮した肌が妙に色っぽく見える。大人顔負けの成熟した体に絶句するほかない。

「あ、あの……あまりジロジロ見ないでください。その、恥ずかしいです……」

「ご、ごめん！」

謝ってから視線をそらし、前をタオルで隠した。

「どうして風呂場に来たの？　何か用かな？」

「その、雄也くんの背中を流して差し上げようと思いまして」

聞き間違いではない。葵は、今はっきりと「背中を流す」と言った。

「えっと……うん。葵、ちょっと落ち着こうか」

「私は冷静です。その……好きな人の背中を流すくらい当たり前ですから」

「いや当たり前ではないでしょ。なんか無理してないか？」

「む、無理なんかしていません。私がやりたいからやるんです」

葵はタオルにボディーソープをたらんと垂らし、素早く泡立てていく。

「背中、お流ししますね」

「あっ、ちょっと……！」

俺の背中にタオルがそっと当てられる。

「んっ……しょ……ん……っ」

ごしごしと上下にタオルを動かすたびに、葵の瑞々しい唇から甘い吐息が漏れる。おそらく本人は無自覚なのだろうが、葵の所作はいちいちエロかった。

脳裏に葵のバスタオル姿が焼き付いて離れない。すらっと伸びる脚は綺麗だったし、胸の谷間の破壊力もヤバい。何がとは言わないけど、バスタオルから零れ落ちそうだった。

「雄也くん……すごくおっきい。たくましいです」

「はい⁉」

「男の人の背中ってこんなに広いんですね」

「えっ……ああ！　せ、背中ね！」

前を隠しているタオルが行方不明になったのかと思った。紛らわしい言い回しをしないでほしい。

……正直、だいぶ戸惑っている。

一緒にお風呂だなんて、葵らしくない。どう考えてもキャラがブレている。彼女の狙いはなんだ？

「なあ、葵。どうしてこんなことをしたの？」

「……やっぱり、まだ不安です」

「えっ？」

葵の意図することがわからず、顔だけ振り返って聞き返した。

「私、いきなり押しかけて迷惑だったんじゃないかって。雄也くんは優しいから、私のことを面倒見てくれているだけなんじゃないかって……そんなふうに考えてしまうんです」

「葵……」

「だから、せめて恩返しがしたいんです。少しでもお役に立ちたいんです。雄也くんに必要とされないと、この部屋で暮らしていいのか不安で……」

か細い声が浴室に寂しく響く。

……何言ってんだよ。そんな義務感でやられても、素直に喜べるわけがないだろう。

葵に無理をさせていた自分が情けない。

君がこの部屋にいてもいい理由なんて『俺と一緒にいたい』で十分だろうに。

「それは違うよ、葵。俺はただ葵を守ってあげたかったから、一緒に暮らしたいと思ったんだ。迷惑だなんて思ってない。だから、恩返しが必要だとか難しく考えないで？」

「でも、私は雄也くんに何も返せていませんし……」

「うん。まずそこが違う気がするんだよな」

「えっ？」

「そりゃ葵が俺のために料理を作ってくれたり、お手伝いしてくれるのは嬉しいよ？　でもさ、恩返しでやるようなことじゃないと思う。葵がここにいられるために、家主の俺に奉仕するのはおかしいんだ。だって、ここはもうすでに葵の居場所なんだから」

「雄也くん……」

「料理も、お手伝いもさ。『この部屋で暮らすために必要だからする』なんて、そんな悲しいこと言うなよ。家事は無理せず、できる範囲でやってほしい。俺は葵が遠慮せず、笑顔で毎日を過ごしてくれるのが一番嬉しいんだからね？」

言ってから、頬がかあっと熱くなる。

少しかっこつけすぎたかもしれない。くっ、昔ならさらっと言えたんだけどなぁ、こういうセリフ。くたびれたおっさんには辛い役だ。

「まぁ部屋が狭いのは勘弁してくれよ？　忙しくて引っ越す余裕がないんだ。あはは」

照れくささを冗談で誤魔化すと、葵はふっと微笑んだ。

「わかりました。その……すぐには無理ですけど、私も考え方を改めようかと思います。できるだけ、善処しますね」

いやいや。その言い方、結局改善されないパターンでは？

そう思ったけど、茶化すのはやめておいた。葵には葵のペースがあるのだ。少しずつでもいいじゃないか。ここは大人として見守ってあげよう。

一件落着かなと安心していると、葵は急にもじもじし始めた。

「ん？　どうかしたの？」

「いえ、その……そろそろ前を洗って差し上げようかと」

「……なんだって？」

さすがにそれはマズい。俺だって男だ。そんなところを洗われたら、理性が吹っ飛ぶ可能性も否定できない。

俺は葵に向き合い、彼女の両肩をがっしりと掴んだ。

「ゆ、雄也くん？」

「葵の気持ちはすごく嬉しいよ。でも、こういうことは、もうやらないでほしい」

「いえ。これくらい平気ですってば」

「俺だって男だ。こんなことされたら、いつ葵を襲ってしまうかもわからない」

「お、おおおお襲う⁉」

葵の顔がのぼせてしまったみたいに赤くなる。

「そうだぞ。このまま葵を押し倒すことだってあり得るんだよ？」

「お、押し倒すって……」

「葵だってもう幼くないんだ。意味がわからないわけじゃないでしょ？　それくらい君は魅力的だってことだよ」

「あぅ……だ、だめですよ。そんなの……」

「そうだね。俺もそう思う。わかったら出ていってほしい」

「で、ですが……」

「押し倒すよ？　いいんだね？」

「い、今でますっ！」

よほど恥ずかしかったのか、葵は脱兎のごとく浴室を出ていった。作戦成功である。

シャワーで体を洗い流し、浴槽に入る。

緊張感から解放されたせいか、ふとため息が漏れる。

「はぁぁぁ……あんな魅力的な女の子に迫られたら、理性も揺らぐっつーの……」

今頃、葵もドキドキしているのだろうか。

目を閉じて、そんなことを考えながら湯に浸かるのだった。

◆

就寝前に再び事件は起きた。

現在、俺はパジャマ姿の葵と向かい合って床に座り、話し合っている最中だ。

議題は『二人の寝床』である。

「……ちょっと混乱している。葵。もう一度、簡潔に説明してくれないかな？」

「はい。お布団は新しいのを購入したので、今日の荷物にはありません。明日届く予定です。なので、今晩は雄也くんと同じベッドで寝かせてください」

「ごめん、無理」

俺は即答した。浴室でのやり取り、もう忘れたのかよ。

「ど、どうしてですか？」

「あのな、葵。同じベッドで寝て、何か間違いが起きたら困るだろ？　俺は床に寝る。葵はベッドを使ってくれ」

「駄目です。風邪を引いたら大変です」

「一日くらい平気だってば」

「その一日の油断が病に繋がるんですよ？　体を痛める可能性だってあります。仕事に支障が出たらどうするんですか」

「でも、さすがに同じベッドで寝るのは……」

「お願いします。私、雄也くんの体が心配なんです」

　葵は一歩も引くつもりはないらしい。可愛い顔して意外と頑固だ。

　俺だって、葵が風邪を引いたら困るからベッドを譲ると言っているのだ。葵の言い分はよくわかる。

　うーん……今日だけ我慢するしかないか。

「わかった。今日だけ一緒に寝よう」

「ありがとうございます。すみません。迷惑をかけてしまって」

「ううん。迷惑だなんて思ってないよ」

むしろ、葵が純粋に俺の体を心配してくれて嬉しかった。口にすると、変に甘い雰囲気になってしまうので言えないけど。

俺たちは電気を消し、二人でベッドに入った。向き合って寝るのはどうかと思ったので、葵に背を向けた状態で横になる。

当たり前だが、このベッドはダブルベッドではない。シングルサイズだ。そんなベッドに二人で寝るのだから、自然と俺たちの距離は近くなる。

背中越しに葵の微かな息づかいが聞こえる。もうこの時点でいろいろとマズい気がするんだけど……。

「……このベッド、雄也くんの匂いがします」

「え？　く、臭かった？」

「いえ。懐かしくて……安心する匂いです」

優しい声が耳元で囁かれた。なんだかくすぐったくて、体をもぞもぞと動かす。葵の体に触れないように、細心の注意を払って。

「……雄也くん。狭いですか？」

「そうだね。一人用のベッドだからしょうがないよ」

「あの……もっとこっちに来てもいいですよ？　くっついても……狭いので仕方ないです」

甘えるような声色だった。葵さん。無自覚に可愛く誘ってくるの、本当に勘弁してください。風呂場でも言ったけど、俺も男なんで。

「ありがとう。でも、遠慮しとくよ……おやすみ、葵」

「はい。おやすみなさい」

就寝の挨拶を交わし、目を閉じる。

無言のまま、静かに時間が過ぎていく。

……眠れないな。情けない話だが、どうやら俺はこの状況に緊張しているらしい。

葵はもう寝ただろうか。

そんなことを考えていると、彼女のほうから話しかけてきた。

「雄也くん。まだ起きてますか？」

「うん。起きてるよ」

「目が冴えてしまいました。眠れるまで面白いお話を聞かせてください」

「まさかの無茶ブリだ……というか、面白い話をしたら眠れなくなるんじゃないの？」

「では、なんでもいいのでお話ししてください」

「そうだなぁ……昔話でもしよっか。引っ越しのとき、どうして俺と結婚したいって言ってくれたの？」

「……その話題を持ち出すのはずるいです。もう。デリカシーないですね」

「ご、ごめん。別の話題にしよう」

「いえ、いいです。お話ししましょう」

葵は俺のパジャマの袖をそっと掴んだ。

「小さい頃、雄也くんと遊んでいるうちに自然と好きになっていました。いつしか『この人のお嫁さんになりたいな』って、そう考えるようになって……でも、今はちょっぴりだらしないので減点です。しっかりしてくださいね？」

「だ、だよな。頑張るよ」

「期待しています」

ふふっと笑い、軽口を言う葵。だいぶ眠たそうな声になっている。

「雄也くんは……私の憧れのお兄さんだったんですよ？」

「……そっか」

「はい……優しくて、頼りになって、なんでもできて……昔からずっと大好きでした」

社会人になってくたびれた俺とはかけ離れたイメージだった。昔の俺、そんなにイケメンだったのか。

「葵。俺、昔みたいにキラキラした男になるよ。葵が憧れてくれた、かっこいい男に」

「すぅー……すぅー……」

「……ははっ。寝ちゃったか」

背を向けたまま、顔だけ振り返る。葵の寝顔は穏やかで幸せそうだった。

「俺も寝るか」

前を向き、目を閉じる。

睡魔が襲ってくるのに、そう時間はかからなかった。

◆

夕焼け空が街を優しく包み込んでいた。

目の前には公園がある。すべり台と砂場、鉄棒にジャングルジム。その他よく見かける一般的な遊具が設置されていた。

隅っこに背の高い時計台が立っている。天使の羽のオブジェがついた、独特のセンスの時計台だ。

見間違えるはずもない……ここは俺が昔住んでいた町にある、葵と初めて出会った公園だ。

思い出の場所を懐かしむと同時に、これはきっと過去の出来事を夢に見ているのだと自覚する。

葵があの町を離れる頃、公園の遊具がいくつか撤去された。そのうちの一つにジャングルジムも含まれている。当時のままジャングルジムがあるのはおかしい。

公園をぐるりと見回すと、砂場に幼い女の子がいた。背は低く、小学校に上がるか上がらないかくらいの年頃だ。

あれは、幼い頃の葵で間違いない。

葵は泣いていた。膝小僧を擦りむいている。記憶違いでなければ、葵は砂場に足をとられ、転んで怪我をしたんだっけ。

彼女を囲むように同年代の男の子が三人立っている。

「やーい！　また転んでやんのー！」

「ドジ女ー！　マヌケー！」

「砂場なんかで遊ぶからだぞ！　おままごとなら家でやれよー！」

男の子の一人はリボンのついた可愛いくまのぬいぐるみを持っている。あれは葵がおままごとで遊ぶときに使っていたやつだ。

「うぐっ……ひっく……私のくまさん、返してよぉ」

「やなこったー。ほれパス」

「やーい。ここまでおいでー」

男の子たちはぬいぐるみでパス回しを始めた。葵は必死に追いかけるが、取り返せる気配はない。

胸を痛めながら見ていると、視線の端に学生服姿の少年が現れた。彼は迷わず男の子たちのもとに駆けていく。

あの少年は……中学時代の俺だ。

俺は泣いている葵のそばに駆け寄った。

「お待たせ！　悪いな、待ち合わせ場所を間違えて！　『兄ちゃん』のうっかりミスだ！」

「え？　お、お兄ちゃん……？」

葵は戸惑っている。そりゃそうだ。葵は一人っ子で兄はいない。目の前の中学生が何を言っているのか理解できないはずだ。

「さ、一緒に家に帰ろう！　今日はお前の大好物のカレーだって母さん言ってたぞ！」

俺は『偽りの兄』を演じ続けた。

目的は、男の子たちに「葵をいじめたら、俺が駆けつけるぞ！」と、年上の怖い兄の存在を意識させること。中学生にしては機転の利いた判断だったと我ながら思う。

困惑する葵に背を向けた俺は、男の子たちに向き合った。

「ぬいぐるみ、返してくれる？」

「えっ？」

「わかるよね？　それ、妹の大切なお友達なんだ」

「う、うん……」

三人組のうちの一人は素直にぬいぐるみを返却した。幼い子どもにとって中学生は大人に見えるだろう。ちょっと凄めば、そりゃ怯える。

俺は男の子たちに向かって笑みを浮かべる。

「それと……妹とは仲良くしてくれよ？」

少し低めの声でそう言うと、男の子たちはぶんぶんと首を縦に振り、慌てて逃げていった。作戦成功、といったところか。

俺は葵にぬいぐるみを手渡した。

「はい。どうぞ」

「あの……お兄さん、だれですか？　私に兄はいませんよ？」

「あはは、あれは嘘だよ。今後、君が彼らにいじめられないためのおまじないさ」

「えっと……？」

「あー……魔法って言ったほうがわかりやすい？　君がいじめられない魔法をかけたんだ」

「お兄さん、魔法つかえるんですか？」

「使えるよ。中でも泣いている女の子を笑顔にする魔法が得意なんだ」

そんなキザな言葉を投げかけ、葵の頭をなでた。

今の俺が同じ発言をしたらキモいが、昔の俺は爽やかでキラキラした少年だった。それなりに様になっている。

「あ、お礼言わなきゃ。くまさんを取り返してくれて、ありがとうございました」

「どういたしまして。ところで、君の名前は？」

「あおい！　しらとりあおいです！」

「あおいかぁ。いい名前だね。俺は天江雄也。よろしくね」

「うん！　よろしくです、ゆうやくん！」

「……膝、擦りむいてるな。痛む？」

「はい。ちょっとだけ痛いです……」

怪我していることを思い出したせいか、葵は急に元気がなくなってしまった。

「そっか。消毒して絆創膏貼らないとだね。おうち、帰れるか？」

「……ゆうやくんも一緒に来てくれますか？」

潤んだ瞳で甘えてくる葵。守ってあげたくなる可愛さだが、さすがに幼い子どもを公園から連れ去るのはマズいと思う。

「うーん。とりあえず、傷口を洗い流そっか。いたいの我慢できるつよい子だれかなー？」

「はーい！」

公園の水道水で擦りむいた傷口を洗う。葵は泣きそうな顔をしていたけど、口を真一文字に結んで我慢していた。

ちょうど洗い終えたところで、女性が慌ててこちらに駆け寄ってきた。涼子おばさんだ。

「葵ー！」

「あっ、おかあさん！」

葵は俺から離れて涼子おばさんのもとへとことこ走っていく。母親に会えて膝の痛みも吹き飛んだのだろうか。とても元気だ。

葵は涼子おばさんに抱きついた。

「おかあさん！」

「んもう。なかなか帰ってこないから心配したのよー……あら。膝、擦りむいちゃったの？」

「うん。ちょっと転んじゃって……でも、ゆうやくんがいたからへーきだった！」

葵は涼子おばさんの手を引っ張り、俺のところへ来た。

「おかあさん。この人がゆうやくん。わたしのこと、助けてくれたの」

「そうだったのねー。お兄さん。娘の面倒を見てくださって、ありがとうございます」

涼子おばさんはぺこりと頭を下げた。

「いいえ。気にしないでください。当然のことをしたまでです」

「あらー……もしかして、天江さん家の雄也くん？」

「え？　俺のこと知ってるんですか？」

「知ってるわよー。近所でも好青年だって有名だもの。隣の家のおばあちゃんも親切にしてもらったって言ってたわぁ」

「そ、そうですか。なんか恥ずかしいな……」

「うふふ。そうだ。よかったら、うちにいらっしゃい。娘を助けてくれたお礼をさせて？　一緒にケーキでも食べましょう」

「あ、いや。俺はこれで……」

「ゆうやくん。かえっちゃうんですか？」

葵は俺の手をぎゅっと握り、泣きそうな顔でそう言った。こういう無自覚に甘えてくるところは、子どもの頃から変わっていない。

「わかった。ちょっとだけお邪魔させてもらおっかな」

「ほんとですか？　わーい！」

膝の痛みはどこへいったのやら、葵はぴょんぴょん飛び跳ねた。

オレンジジュースを零したような空の下、俺たち三人は葵の家に向かった。

帰り道、葵は楽しそうにおしゃべりした。涼子おばさんのこと。お友達のくまのぬいぐるみのこと。お気に入りの絵本のこと。まるで宝物を自慢するみたいに得意気だった。

「へえ。葵は好きなものがたくさんあるんだね」

「はい！　みーんな大好きです！」

西日に照らされた葵の表情はキラキラと輝いていた。

これが、俺と葵が出会ったきっかけ。

懐かしくて、どこか眩しい夕焼け色の思い出だ。

◆

意識が覚醒し、視界には暗い自室が映し出されている。

夜中に夢から覚めた俺は、ぽつりとつぶやく。

「……そっか。昔の俺、あんなにかっこよかったんだな」

葵のことを守ってあげられる、年上のかっこいいお兄さんだった。今の冴えない社会人の俺とは程遠い。

対照的に葵は立派に成長した。

「努力家なんだな……」

俺も負けていられない。保護者に相応しい大人にならなければ。

……それにしても、いつもより布団の中が温かい気がする。あと、なんだか背中に柔らかいものが当たっているような……？

「えっ……！」

おもわず驚愕の声が漏れる。

葵は俺の腰に手を回して眠っている。ゼロ距離の密着状態だ。そのせいで、葵の立派な胸が当たっている。

なんという乳圧……押しつけられているのに、包み込むような柔らかさがある。

「……ふにゃあ」

甘ったるい声が耳元で聞こえる。

……まさか起きたのか？

おそるおそる顔だけ振り返り、葵の顔を見た。

「雄也くん……えへへ。大好きです」

葵は幸せそうな顔をして、むにゃむにゃしている。

ヤバい。寝言が可愛すぎる。それにこの柔らかさ……ええい、何故この子は無自覚に俺を誘ってくるんだ！

……なんだか頭がくらくらする。

これ以上は無理だ。俺は密着状態から脱出し、いそいそとベッドから出た。

「ごめんな、葵。やっぱりベッドは君がつかってくれ」

俺はそっと葵から離れて、居間の床で寝たのだった。

◆

翌朝、スマホのアラームで目が覚めた。

予想はしていたが、背中が少し痛い。葵の言うとおり、やはり床で寝るのはよくなかったようだ。

上半身を起こすと、俺はようやくそこで掛け布団の存在に気づいた。朝、葵がかけてくれたのかもしれない。

「あ、雄也くん。おはようございます」

葵は挨拶しつつ、こちらに向かってとことこ走ってきた。

彼女はすでに私服に着替えており、その上からピンク色のエプロンをしている。

「おはよう、葵。掛け布団、ありがとう」

「ありがとう、じゃないですよ。床で寝てはいけないとあれほど言ったのに……どうかしました？」

「あ、うん。朝起きたら誰かがいるの、なんだか新鮮だなって」

これからは毎朝葵がいる。ちょっと前までは考えられなかった光景だ。

「ふふっ。私も新鮮です。雄也くんと一緒の部屋で暮らすなんて夢みたい」

「夢だったりして……なーんてな。あはは」

「ふふっ、雄也くんったら……って、こら。笑って誤魔化さないでください。床で寝ちゃ駄目ですからね？」

「あ、はい。すみませんでした」

残念。俺の『笑って誤魔化す作戦』は失敗に終わった。

「私、朝食の準備をしているので、雄也くんはその間に身支度してください。ちゃんと顔も洗って歯磨きもするんですよ？」

「母親みたいなこと言うじゃん……」

苦笑しつつ、俺は掛け布団をベッドに戻したのち、洗面所に向かうのだった。

◆

「ごちそうさまでした」

葵の作った料理を食べ終えて手を合わせる。

朝食はウインナーと卵焼き、味噌汁という組み合わせだった。どれも美味しくいただいたが、中でも卵焼きは格別。甘すぎない味加減がちょうどよく、ふわふわ食感が最高だった。

「お粗末さまでした……ふわぁぁ」

葵は口元に手を添えて、小さくあくびをした。

「あらら。昨晩は眠れなかった？」

「いえ、ぐっすり眠ったのですが……引っ越しの疲れがあるのかもしれません」

葵は眠たそうに目を擦りつつ、「大丈夫です。心配しないでください」と付け足した。

……そっか。昨日も荷解きする気力がなかったみたいだし、疲れているよな。

明日は平日。葵は朝から学校だ。今日は休んでおきたいだろう。荷解きや買い物があるので忙しいが、せめて夕方からでも休ませてあげたい。

「ところで、雄也くん。今日のご予定は？」

「そうだなぁ……」

カフェで葵の話が聞きたいと思っていたけど、早く帰宅して食事にしたほうがいいのかも。そのほうが、葵もゆっくり休めるだろう。

と、そこまで考えて名案を思いついた。

「まず荷解きでしょ。終わったらスーパーに買い物に行って、夜は外食にしない？」

「雄也くん。贅沢はいけませんよ？」

「贅沢はしないよ。レストランくらいならいいでしょ」

「ですが……」

「遠慮しないの。というか、もう行くって決めたから」

「そんな強引な決め方……あっ。もしかして、私に気をつかっていますか？　疲れているから、少しでも家事を減らそうと外食を提案したのでは……？」

「か、考えすぎだよ。単純に俺がステーキを食べたくなっただけ。あはは……」

俺は笑って誤魔化した。

頑張り屋さんの葵のことだ。疲れていても、夜も手料理を振る舞うつもりだろう。

でも、疲れているなら無理はさせたくない。そう思って外食にしようと提案したのだ。

葵の話を聞くのはレストランでもできるし、そっちのほうが休めるだろう。

「……ふふっ。雄也くんらしいですね」

「え？　なに。どういう意味？」

「わからないならいいです。それより早く食器を片付けて荷解きしましょう」

「う、うん……？」

葵の発言の真意はわからないけど、機嫌は良さそうなのでまあいいか。

俺たちは手早く食器を洗い、荷解きの作業を開始した。

「衣類は私がやるので、雄也くんはそちらの重たい段ボールをお願いします」

「了解」

言われたとおり、指定された段ボールを開ける。

中には本がたくさん入っていた。小説や料理本の他に、学習参考書や国語辞典がある。

「葵は勉強が好きなの？」

書籍を本棚に収めながら葵に尋ねた。

「どうでしょう。でも、おうちで予習、復習をしている時間はわりと好きです」

「へえ。家でも勉強するなんて偉(えら)いなぁ」

「そんなことありませんよ。学生の本分は勉強ですから」

葵は謙遜(けんそん)しつつも、褒(ほ)められて嬉しそうな顔をしている。

何気ない会話だけど、こうして俺の知らない葵の一面を知るのも大事だなと思う。

「なあ。俺、もっと葵の話を聞きた……ん？　これは……」

段ボールの中からくまのぬいぐるみが出てきた。小さい頃に葵が遊んでいたものとは違って真新しい。

「葵。このぬいぐるみはどこに置くの？」

「そうですね……ベアトリクスは本棚の上にでも置いておきましょう」

「は？　ベアトリクス？」

会話の流れ的に、ベアトリクスとはぬいぐるみのことだろう。

まさか……ぬいぐるみに名前を付けているのか？

俺の視線に気づいた葵は「あ」と小さく声を漏らし、俺からベアトリクスをぶんどった。

「お、おままごとはしてませんからね⁉」

「あはは。そこは疑ってないよ。ただ名前つけてるんだー、って思っただけ」

「こ、子どもっぽいですか？」

「ううん、そんなことない。俺もベアトリクスって呼ぶことにするよ。よろしくね、ベアトリクス」

「ほっ……よかったですね、ベアトリクス。私以外にもお友達ができましたよ」

ぬいぐるみをそっと抱きしめる葵。その表情は天使のように優しくて、おもわず見惚れてしまう。

葵は母子家庭で育ったから、一人で過ごす時間が多かったはず。きっと家ではぬいぐるみが話し相手だったのだろう。寂しさを紛らわすその習慣は、たぶん今でも続いている。

……保護者の俺が、葵に寂しい思いをさせないようにしないとな。

ところで、気になっていることが一つある。

「あのさ。なんでベアトリクスって名前にしたの？」

「え？　そ、それは……」

「もしかして、くまだからベアトリクスっていうシャレだったりして……」

「い、いいじゃないですかぁ！　名前、可愛いでしょう!?」

「あはは。そうだね、可愛いと思う」

「むー！　からかってますよね!?」

顔を真っ赤にした葵は、俺の背中をぽかぽか叩いた。そのリアクションが一番可愛いと思ったけど、言うともっと怒るからやめておこう。

葵から「だいたい雄也くんは、私のことをまだ子ども扱いしている節が……」と説教されつつ、荷解きを続けたのだった。

◆

荷解きは午前中には終わらず、途中で昼食を取ることになった。

お疲れ気味の葵に料理はさせたくない。そう思った俺は、コンビニ弁当を買ってきて簡単に昼食を済ませようと提案した。葵は「そんなに気をつかわなくても」と遠慮していたが、どこか嬉しそうにコンビニ弁当を食べてくれた。てっきり「健康によくないです」と言われるかと思っていたけど、素直に甘えてくれて俺も嬉しい。

昼食後、俺たちは作業を再開した。

作業中、葵の布団が無事に届いた。これで今夜からは別々に寝られる。毎晩あんなにドキドキしていたら身が持たないので助かった。

荷解きを終え、少し休んだのち、二人でスーパーに出かけた。日用品と食品を買い足しに来ただけなのに、葵は終始ご機嫌だった。

今はもう買い物を終えて帰宅し、二人でまったり談笑している。

「雄也くん。そろそろ夕飯の時間です」

「だね。予定どおり、レストランに行こう」

「雄也くんはステーキでしたっけ。食べ過ぎは駄目ですよ？　もう若くないんですから」

「こらこら。おじさん扱いするのやめんか」

「ふふっ、冗談です。さ、お出かけしましょう」

葵にからかわれつつ、支度をして部屋を出た。

住宅街を抜け、大通りを歩く。ここを真っ直ぐ行けば駅前に到着する。

他愛もない話をしながら歩いていると、すぐにレストランに到着した。地元では評判の洋食店で、俺も何度か行ったことがある。ここのステーキは絶品だ。

店内はそれなりに賑わっていたが、空席がいくつかある。時間的に混雑しているかなと思ったが、待ち時間がなくて助かった。

店員に「空いている席へどうぞ！」と言われ、どこに座ろうか考えていると、

「あっ、葵っち！　雄也さんもいるじゃん！」

不意に名前を呼ばれた。

声の聞こえたほうに視線を向ける。そこには見覚えのある金髪の少女が四人席に一人で座っていた。

「瑠美ちゃんだ。よく会うね」

「ですね」

俺たちは顔を見合わせて笑い、瑠美の座る席に移動する。

「こんにちは、瑠美さん」

「葵っち！　ちすちす。いやー、二日連続で会うとは思わなかったし。これって運命的な？」

「偶然的な、ですかね……そういえば、今日はお友達と遊ぶと言っていませんでしたか？」

「それなー。さっきまで一緒にいたんだけど『わたし、晩ご飯は家で食べるね』とか言って帰っちゃってさー。あたしは悲しく一人ディナーってわけ。お二人はデート中？」

「デ、デートだなんて……ただ二人で食事に来ただけです」

「……などと言いつつ、ラブラブデート中だと思われて、密かに喜ぶ葵っちなのであった」

「もう！　瑠美さん！」

「お、照れてるー」

「照れてません！」

ぷくーっと頬をふくらませる葵がおかしくて、おもわず俺は笑った。

そういえば……瑠美と話す葵は自然体だけど、他のクラスメイトとは上手くやれているのだろうか。葵は誰にでも敬語だし、みんなと心の壁ができたりしていないか心配だ。

この場には瑠美がいる。俺の知らない『学校での葵』のことが聞けるいい機会かもしれない。

「ねえ、瑠美ちゃん。よかったら、俺たちも一緒に食事していいかな？」

「おっけーだよん。あっ、でも葵っちは雄也さんと二人きりがいいカンジ？」

「そ、そんなことありませんよ。三人で食事しましょう」

葵は「……部屋では二人きりだから、今は我慢できるもん」と、ものすごく小さな声で子どもっぽいことを言った。だから無自覚に甘えてくるの、やめなさいってば。

俺と葵は瑠美の対面に並んで座った。

一つのメニューを葵と二人で見る。俺はステーキを、葵はドリアをそれぞれ注文した。なお、瑠美はすでにたらこスパゲッティを注文しているとのこと。今は食事が届くのを待っているらしい。

瑠美は「ねね、葵っちー」とニヤニヤしながら話しかける。

「今日こそ雄也さんとの馴れ初めを教えてほしいなー？」

「馴れ初めって……大した話ではありませんよ。私が公園で膝を擦りむいていたところを、雄也くんに助けてもらっただけです」

「なーる。それでアレだ。幼い頃の葵っちは、優しいお兄さんに惚れちゃったわけだ？」

「わ、私の話はいいんですよ。学校の話でもしましょう」

早速、興味のある話題になった。俺はすかさず二人の会話に割って入る。

「あ、それ俺も聞きたいな」

「さすが雄也くんです。必ず私のフォローをしてくれると信じていました」

「当たり前だろ。ねえ、瑠美ちゃん。学校だと葵はどんな感じなの？」

「結局、私の話じゃないですか……」

葵はむすっとした顔で俺を睨んだが、恋バナよりマシだと思ったのだろう。会話を止めようとはしなかった。

「学校での葵っちかー……真面目でしっかり者ってカンジかな。新学期早々、クラスメイトに頼られているところを何度か見たし、実際あたしも頼ってまーす」

「さすがって感じだな……友達とも仲良くやれてる？」

「もちー。あたし以外にもたくさんお友達はいるよん。ま、あたしが一番なかよしだけどね！」

「そうか。あの泣き虫だった葵が立派になったんだね……」

「雄也くん。それもう親戚のおじさんの発言ですよ」

葵は呆れた顔でそう言った。だからおじさん扱いはやめてくれ。俺まだ二十代だよ。

抗議するより先に、瑠美が「でも残念だな」と憤った顔で言った。

「残念？　何が？」

「だって、みんな葵っちの本性に気づいてないし」

「……本性？」

本性ってことは、素顔を隠しているって意味だよな？

真面目で、しっかり者で、クラスメイトからも頼られる葵。

そんな葵の本当の素顔は……いやいや。葵に限って裏の顔があるなんて考えられない。

「瑠美ちゃん。本性ってどういうこと？」

おそるおそる尋ねると、瑠美は肩をぷるぷると震わせながら口を開いた。

「みんな知らないんだよ……葵っちが、めちゃくちゃ可愛いってことを！」

ばん、とテーブルを叩く瑠美。予想外の言葉に、俺も葵もずっこけそうになった。

「雄也さんならわかるっしょ？　葵っち、おっちょこちょいなの！　マジ可愛いよね⁉」

「あー。普段はしっかりしているけど、たまに天然なところはあるかもね」

「でしょ⁉ そこが最&高&エモなんだって！」

「瑠美さん。恥ずかしいから店内で変なこと叫ばないでください」

葵の抗議などおかまいなしに、瑠美の熱弁は続く。

「聞いてよ、雄也さん。この前、葵っちが理科準備室のドアを開けようとしててね。一生懸命引っ張るんだけど、全然開かなくて。『おかしいです……鍵は開いているはずなのに』とか真面目な顔で言ってたんだけど……そのドア、押すタイプのヤツでさ！ 最終的には困り顔で『ううっ、ドアが固いよぅ……！』って！ いや押せし！ なんで頑なに引くの一点張りなの⁉ 普通は押すほうも試すっしょ！ テンパって思考停止する葵っち、マジ可愛くない⁉」

「それは可愛い……というか面白いね」

「でしょー？ マジウケんね！ あははっ！」

「うん。マジウケるな……ぷっ、あはは！」

「……二人とも。人の失敗をからかうものではありませんよ？」

葵はニコッと笑いながらそう言った。ただし、目は笑っていない。「怒りますよ？」のメッセージがひしひしと伝わってきて怖いんだが。

「「葵さん。申し訳ございませんでした……」」

「よろしい」

俺たちが謝ると、葵は満足気に頷いた。今後、彼女をからかいすぎるのはやめておこう。

「ま、そんな感じで葵っちとは仲良くやらせてもらってまーす」

気を取り直した瑠美は、小声で俺に話しかける。

「葵っちって誰にでも敬語だし、仲良くなるまで表情も硬いけどさ。新学期はじまったばかりだけど、新しいクラスメイトにも打ち解けて自然体で笑えてるから。安心してよ、雄也さん」

言い終えて、瑠美はパチッとウインクした。

安心して、か……葵にこんなにも優しい友達ができたんだな。

「ありがとう、瑠美ちゃん。あらためて、葵のことをよろしくお願いします」

「いえいえ。こちらこそ、うちの葵を頼みます」

「……二人とも、何の話をしているんですか？」

葵が不思議そうに首を傾げる。

「なんでもないよ。ね、瑠美ちゃん？」

「うすうす。あたしと雄也さんだけのヒ・ミ・ツ」

「な、なんですかそれ。教えてください。気になるじゃないですか」

「だーめ。ナイショの話だもんねー」

「むー！　意地悪しないでください！」

二人で楽しそうに戯れているのを見て、俺も自然と笑みがこぼれる。

素敵な友達ができたみたいで、本当によかった。

……帰り道、ずっと葵に「ナイショの話ってなんですか？」と問い詰められて大変だったけどな。

第三章　甘えんぼの君が好き

葵と同居してから二か月が経った。

新しい生活にもだいぶ慣れてきた、ある朝のことである。

起床すると、葵はすでに朝食の準備をしていた。制服の上から白いエプロンを身につけている。

「おはよう、葵」

「おはようございます。もうすぐ朝食が用意できますので、身支度すませちゃってください」

「うん。いつもありがとね」

「いえ。雄也くんが美味しそうに食べてくれるので、私も作りがいがあります」

ふんふんふーん、と葵は鼻歌混じりに調理を続ける。この光景もだいぶ見慣れてきた。

洗面所に向かい、歯磨きを終えた俺は、いつものように着替えを手に取る。

ワイシャツを着ようとしたとき、異変に気づいた。

「あ……シワがなくなっている」

くたびれていた袖や裾がピンと伸びている。襟もパリパリだ。普段着ているワイシャツが新品みたいに輝いて見える。きっと葵がアイロンをかけてくれたのだ。

生まれ変わったワイシャツに袖を通す。いつもより気合いが入り、シャキッとした気分だ。

スーツを着て、ネクタイを締める。身支度を終えた俺は食卓に向かった。

テーブルにはトースト、サラダ、ゆで卵、牛乳が置かれている。おそらく、栄養を考えての献立なのだろう。

「葵。アイロンかけてくれたんだね。ありがとう」

「どういたしまして。身だしなみを整えると、気分も上がりますし、お仕事も捗るかなと

……って、言ってるそばから！」

「え？　な、なに？」

「ネクタイ。曲がってます」

葵は俺の首元に手を伸ばし、ネクタイを結び直す。

「もう。だらしないのは駄目ですよ？」

「わ、悪い。気をつけるよ」

同居人にネクタイをしてもらうこの状況……まるで新婚夫婦がイチャイチャしているみたいで気恥ずかしい。

か、顔近いな……小顔で色白。まるでアイドルみたいだ。保護者のひいき目かもしれないが、同世代の子と比較してもかなり可愛いんじゃないだろうか。

「はい。これでばっちりです」

「ありがとう、葵……」

「どうかしましたか？　首、少しきつかったです？」

「いや、なんていうか……葵、可愛くなったなって」

あっ……いかん。つい本音がぽろりと出てしまった。

「きゅ、急に変なこと言わないでください。ばか」

などと言いつつ、葵の口元はニヤけている。

そのリアクションも可愛いんだよなぁと思いつつ、俺は食卓に着くのだった。

◆

時刻はそろそろ十七時を迎える。

葵の保護者になってから、仕事に対する姿勢も変わった。残業を減らして早く帰宅できるように、チーム内での仕事の割り振りを徹底的に見直したのだ。

今も俺はオフィス内を走り回って、みんなに仕事をお願いしている。

「飯塚さん。これ、今週中で結構なのでお願いしてもいいですか？」

「了解。任せてー、雄也くん」

同じプロジェクトメンバーの飯塚真由里さんに仕事を振ると、二つ返事で快諾してくれた。

彼女は俺の二つ上の先輩だ。プログラマーとしての腕は確かで仕事も早い。多少の無茶ブリも「任せてー」と笑顔で言ってくれる心強い人だ。

「それと飯塚さん。ＡＰＩの件なんですけど、進捗どうですか？」

ＡＰＩとは、簡単に言えば、ＡとＢ、それぞれ異なるソフトウェアやプログラム同士を繋ぎ、連携できるようにするコネクタのようなものだ。大手ＳＮＳのアカウントで、別のサービスの登録・ログインができたりするアレのことである。

「七割方完成、ってところかな。期限までには余裕をもって終わらせるから大丈夫だよ」

「ありがとうございます。助かります」

よかった。これで仕事も割り振れたし、飯塚さんに余裕があることもわかった。困ったらまた頼らせてもらおう。

さて。あとは後輩の伊東くんの進捗を確認するか。

彼は仕事が丁寧でミスが少ないぶん、進捗がやや遅く、いつも〆切ギリギリに仕事を終えがちだ。フォローは必須だろう。

残業して仕事を進めておきたい気持ちはあるが、部屋に葵が待っている。早く帰って、少しでも一緒にいる時間を作りたい。残業は納期前にとどめておこう。

一度自分のデスクに戻ると、隣の席の千鶴さんに肩をぽんと叩かれた。

「雄也くん。今日も頑張っているようだね」

「ええ。俺も入社三年目ですからね。早く一人前にならなきゃと思いまして」

実は、部屋に女の子がいるので……なんて口が裂けても言えない。

女子高生と同居しているなんて報告してみろ。まず社会的に死ぬし、そうでなくても絶対にからかわれる。千鶴さんはそういう人だ。

「ふふっ。君はもう一人前だろうに。少なくとも、私はそう評価しているよ。可愛い部下の成長は嬉しいものだね」

「え？　あ、ありがとうございます」

上司の思いがけない褒め言葉におもわず頬が緩む。

しかし、喜びも束の間だった。

「なるほど。たしかに急成長だね……それも、不自然なほどに」

「……はい？」

「最近、君は仕事のやり方を変えたね？　余裕のあるメンバーとフォローが必要なメンバーを確認して、仕事の割り振りのバランスを取っている。以前の君は、自分で全メンバーのフォローをしていたはずだ。違うかい？」

「そ、そうですね。何か問題ありましたか？」

「いや。素晴らしい変化だと思うよ。だが、今まで残業していた部下が、急に仕事のやり方を変え始めたから気になってね。まるで早く家に帰りたがっているかのようだ」

「す、鋭い。やはり千鶴さんは部下のことをよく見ている」

「やだなぁ、千鶴さん。早く帰宅したいのなんて当たり前でしょう」

「それはそうだが……」

「大した理由はありませんよ。以前、千鶴さんも言っていたじゃないですか。『仕事のやり方を変えるのも手だ』って。上司のアドバイスを実践しているだけです」

「ふぅん。私のアドバイスをねぇ……」

千鶴さんは俺の全身を舐めるように見た。

ヤバい。なんか疑われているぞ。

ボロを出したつもりはないけど、相手はあの千鶴さんだ。部下のことをよく見ている彼女だからこそ、俺の変化に違和感を覚えているのかも。

「雄也くん。今日は何時頃に帰れそうなんだい？」

「え？　おそらく十八時半過ぎには……」

「わかった。では、仕事を頑張ってくれたまえ」

それだけ言い残し、千鶴さんは自分の仕事に戻った。

……どうして俺の退社時間を聞いたんだ？

「……嫌な予感がするんだよなぁ」

千鶴さんの真意はわからないまま、俺はメンバーの伊東くんのデスクに向かった。

◆

予定どおり、十八時半頃に仕事を終えた。二十一時まで仕事をしていた頃と比べると、嘘みたいに早い退社時間だ。

「お疲れ様です。お先に失礼します」

周囲の社員に挨拶しつつ、オフィスの出口に向かう。

エレベーターを待っていると、かつんとヒールを鳴らす音が聞こえてきた。

ふと音のするほうを見る。

千鶴さんが笑顔でこちらに向かってきた。

「やあ。奇遇だね、雄也くん。私も今から帰るところだ」

「……計ったように退社しましたね」

「なんのことだい？」

「とぼけないでください。さっき俺に退社時間を聞いてきたじゃないですか」

「ああ。そういえば、そんな質問をしたかもしれない。すっかり忘れていたよ」

絶対に嘘だ。千鶴さんは意味不明な発言はしても、意味のない質問はしない。部下である俺は、そのことをよく知っている。

「まったく……普通に『一緒に帰ろう』って誘えばよかったじゃないですか」

「うむ。誘ってもよかったんだけどね。偶然にも退社時間が重なり、一緒に帰るという状況がベターかな、と思ってな」

「ベターとは？」

「簡単なことさ。誘ったら断られる可能性もあるだろ？　だが、偶然にも帰る時間が重なれば、流れ的に一緒に帰る他ない」

「うわー。小賢しいー」

「はっはっは。小賢しさと飲みっぷりには自信があるんだ」

「なるほど。だから恋人できないんだ」

「は？　君のデスク燃やすぞ？」

「す、すみません。調子に乗りました……」

鬼の形相で凄まれた。俺はきっと千鶴さんに一生勝てないと思う。

「冗談はさておき、今日は雄也くんとお話ししたい気分でね。たまには上司とキャッキャウフフしながら帰ろうじゃないか」

「それは普通に嫌ですけど……もしかして、飲みのお誘いですか？」

千鶴さんはお酒が大好きだ。俺はよく美味しい酒と料理がある店に連れていってもらっている。もっとも、最近は俺が残業続きだったせいで、誘ってもらえてないけど。

今までであれば、千鶴さんと飲みに行くのはやぶさかではない。仕事の相談や愚痴は山ほどあるのだ。

だが、急な誘いを受けるのは躊躇われる。葵が晩ご飯を用意して俺を待っているからだ。飲みに行くのであれば、事前に言っておくべきだろう。

どうしたものかと考えていると、千鶴さんは左右に首を振った。

「いや。飲みに行くのは悪いよ。君と話しながら一緒に帰ればそれでいい」

「一緒に……帰るだけ？」

拍子抜けした。なんだ。飲みの誘いじゃなかったのか。

ところで……「悪いよ」とはどういう意味だろう。

「幸いにも、私と雄也くんは最寄り駅が一緒だからね。話しながら帰るには、十分すぎるほどの時間がある」

俺と千鶴さんは住まいが近く、同じ駅を利用している。

だからこそ、余計に怪しい。最寄り駅の居酒屋なら、遅くまで飲むことができる。しかも、今日は退社時間が早い。いつも以上にたくさん飲める絶好の機会だ。

このチャンスを棒に振るなんて……いったい何を企んでいるんだ？

「さあ。雄也くん。エレベーターが来たぞ」

「は、はい」

千鶴さんの行動を不審に思いつつ、エレベーターに乗った。

◆

今日は運よく席に座ることができた。乗車後、目の前に座っていた二人組の乗客が次の駅で降りたのは幸運だった。

今は電車に揺られながら、千鶴さんに仕事の愚痴をこぼしている。

「そもそも、仕事量が多いんですよ。メンバーに飯塚さんがいなければ、今日だって夜遅くまで残業だったんですから」

「ははっ。飯塚くんは恐ろしく仕事が早いからね。彼女の力を上手く借りたまえよ？」

「うーん。そうは言っても、飯塚さんばかりに仕事を押し付けるわけには……」

「もちろん、頼りきりはマズいさ。だが、彼女は『おしりに火がつくと超絶やる気を出すタイプ』だ。負担になり過ぎない程度に、上手く〆切を設定してあげたまえ」

「なるほど。そういう意味でしたか。勉強になります」

その人の特徴や強みまで熟知したうえで仕事を割り振る必要があるのか……さすが千鶴さん。参考になるなぁ。

感心していた俺だったが、自分ばかり愚痴をこぼしていたことに今さら気づいた。

「やべっ……あの、仕事の愚痴ばかりですみません」

「いや、かまわないよ。君の話は聞いていて面白い。何故なら、からかいがあるからだ」

「面白さの基準がおかしいでしょ……そういえば、俺に何か話があるんじゃないですか？　帰りを待ち伏せしていたくらいだし」

「うむ。それなんだがね」

千鶴さんは俺の眉間をビシッと指さした。

「君、女がデキただろ」

「……えっ？」

「しかも、同棲しているな？」

「ええっ⁉」

いきなり秘密を暴かれて頭が真っ白になる。

おかしい。どうして千鶴さんがそのことを知っている？　葵と暮らしていることは誰にも話していないはずなのに……。

「ふふふ。図星のようだね」

「ど、どうしてわかったんですか？」

「まず君の身だしなみだ。だらしなかった君が、珍しくネクタイをきっちり締めていた時点で変だなと思ったんだよ。気になった私は、君をもっとよく観察してみた。そして、も

う一つ変化を見つけた。シワシワだったワイシャツが綺麗にアイロンがけされていたね？」

嘘だろ。そんな細部まで部下のことを見ているのか。

「私はずっと君の上司をやっているが、君はアイロンがけなんて一度もやってきたことがない。急に身だしなみを整えるようになったとは考えにくいのさ。だから私は思ったんだ。雄也くんがアイロンをかけたのではなく、誰かにかけてもらったのではないかと」

「す、鋭い……」

「では、いったい誰がアイロンをかけたのか。妻、あるいは彼女であることは容易に想像がつく。君は未婚だから、彼女の献身的なフォローがあったのかな、と推測したのさ」

ぐっ……悔しいけど、ここまでは名推理だ。

だが、俺にもまだ反論の余地はある。

「でも、それだけでは『二人暮らし』をしている理由にはなりませんよね？」

「それはネクタイが根拠さ。君はよくネクタイが曲がっているよな？　アイロンの件と同じで、これも彼女に直してもらったのだとしたら……いつ直してもらったのだろうね？」

「そんなの出勤前に決まって……あっ！」

「うむ。今朝、君は女性に身だしなみを整えてもらったことになる。朝から君のそばに女性がいる状況こそ、彼女と同棲中であることの証左だ」

「か、完璧なロジックだ……！」

「極めつけは、雄也くんの仕事に対するアプローチが変わったこと。仕事を頑張るのは、守るべき人を見つけたからじゃないのか？　早く帰りたいのは、大切な人が君の帰りを待っているからじゃないのか？　さあ！　観念して自白したまえ！」

「刑事さん……俺がやりました……！」

なんかよくわからないけど、犯人に仕立て上げられてしまった。ノリって怖い。

「あっ。もしかして、今日、千鶴さんが俺を飲みに誘わなかったのって……」

「君の彼女が晩ご飯を用意して待っていたら悪いだろう？　今度からは事前にアポを取ってから誘うことにするよ」

「推理だけでなく、気遣いも完璧でしたか……」

違うのは、同居人が彼女ではなく女子高生で、俺が保護者という点だけである。

だが、俺と葵の関係を説明するのはいろいろと面倒だ。悪いけど、このまま勘違いさせておこう。

「同棲したのは最近なのだろう？」

「はい。まだ二か月程度です」

「ほほう。たった二か月でデキる男になってしまうとは。愛の力は偉大だな」

「ちょ、からかわないでくださいよ」

「はっはっは。で、彼女はどんな子なんだい？　職場の人かな？」

「いえ。昔からの知り合いで年下です」

「年下かぁ……見かけによらず、君はなかなかスケベだな」

「何故そうなる」

電車に乗っている間、千鶴さんに同居人について根掘り葉掘り聞かれた。俺は相手が女子高生だとバレないように、千鶴さんの質問に答えていく。

しばらくして、電車が最寄り駅に到着した。

「千鶴さん。着きましたよ」

「おや、残念だ。もう質問タイムはお終いか」

俺たちは電車を降り、改札を出た。

駅の出入り口付近まで行くと、すれ違う人が傘を持っていることに気づいた。季節的にそろそろ梅雨入りかもしれない。

「雨降ってるみたいですね」

「本当だ。私としたことが、傘を忘れてしまったよ」

へえ。いつも完璧な千鶴さんでも、忘れ物をすることがあるのか。意外だな。

俺は鞄から折り畳み傘を取り出した。

「傘、よかったら使ってください」

「なに？　その提案はありがたいが……雄也くんはどうするんだい？」

「小雨なんで走って帰ります」

「それは悪いよ。傘はコンビニで買うからいい」

「気にしないでください。それに俺、今なんか無性に走りたい気分なんです」

その場で腿上げしてみせると、千鶴さんはくすくすと笑った。

「君は本当に優しいな。そんなに気を遣わなくてもいいのに」

「ははっ……ちょっとわざとらしかったですかね？」

「ああ。でも、その気遣いは嬉しいよ。ただ、やはり君から傘を借りるのは気が引けるな……そうだ。相合傘でもするか？　学生気分に戻れて面白いかもしれない」

「え、千鶴さんとですか？」

「なんだ、文句でもあるのか？　アラサーと相合傘なんか痛々しくてできないと？」

「いえ、そういうわけでは……」

「ふーん。君の彼女に悪いってか？　さすがモテる男は言うことが違うなぁ？」

千鶴さんはぶすっとした顔で俺を睨んだ。地雷女、再臨である。

どうすれば千鶴さんの機嫌が直るか考えていると、少し離れたところで少女がこちらを見ているのに気がついた。

「えっ……葵？」

葵は制服姿だった。黄色い傘をさして、不安そうにこちらを見つめている。

彼女はおそるおそるこちらに近づいてきた。

「お仕事お疲れ様です、雄也くん」

「葵……もしかして、迎えに来てくれたの？」

「はい。今朝、雄也くんが傘を持っていったか確認しなかったから、雨に濡れていないか心配で……電話したのですか、気づきませんでした？」

「マジか。ごめん、気がつかなくて」

しまった。千鶴さんの質問攻めにあっていて、スマホを確認する余裕がなかった。

葵は俺から視線を外し、千鶴さんのほうをじぃーっと見ている。品定めをするような真剣な目だ。

「ところで、雄也くん。こちらの方は？」

「月代千鶴さん。俺の上司で、めちゃくちゃお世話になっている人だよ」

「……上司の方なんですね？」

「うん。最寄り駅が同じで、乗った電車も同じだったんだ」

「そうでしたか……はじめまして。白鳥葵と申します」

葵は千鶴さんに挨拶をした。どこか安心した様子なのは気のせいだろうか。

「はじめまして、葵ちゃん。月代千鶴だ。よろしくね……雄也くん。ちょっといいかな？」

千鶴さんは俺の手を引き、葵から距離をとった。

「雄也くん。たまに君は私の予想の斜め上をいくね」

「予想の斜め上って……どういう意味ですか？」

「君、あの子と同棲しているな？」

「はっ？」

血の気がさあっと引く。

ヤバい。女子高生と暮らしているのが上司にバレた。

こうなったら、今から言い訳して誤魔化すしか……いや無理だ。葵はさっきの会話中に『今朝』という言葉を使っている。つまり、俺と同じ部屋で寝泊りしていることは明白。千鶴さんも、葵の発言を根拠に「同棲しているな？」と尋ねたのだろう。

この状況下で聡明な千鶴さんを騙し通せる自信はない。俺は観念して真実を告げることにした。

「はい……葵と同居しています」

俺は葵の保護者として二人暮らししていることを手短に説明した。

「なるほど。そういうことだったのか。雄也くんが内緒にしたがっていた意味がわかったよ」

「すみません。あの……引きました？」

「驚きはしたけど、引いたりはしないさ。君は彼女のために仕事を頑張るようになった。彼女もまた、君を支えようとしている。素敵な関係じゃないか」

「千鶴さん……」

どう思われるか不安だったけど、受け入れてもらえてよかった。バレたのが千鶴さんだったのは、不幸中の幸いだったかもしれない。

「ところで、葵ちゃんは家で制服エプロン姿だったりするんだろ？　どうだい？　可愛いかい？」

前言撤回。千鶴さんはそれなりに面倒くさい人だったことを忘れていた。

「言っておきますけど、俺、制服エプロンフェチじゃないですからね？」

「質問に答えたまえ。可愛かったか？」

「それは……まぁ」

「おめでとう。どえっち係長に昇進だ」

「不名誉な役職に就かされた⁉」

どうせなら仕事で昇進したかった。泣きたい。

「あの、何の話をしているんですか？」

葵が不思議そうに尋ねてきた。

「あ、いや。俺は傘持ってるから、千鶴さんに貸すって話をしていたんだ」

こんなくだらない話に葵を巻き込みたくない。俺は適当に誤魔化した。

「というわけで、千鶴さん。今度こそ、受け取ってくれますね？」

「そうだね。同居人想いの彼女の顔を立てるとしよう」

千鶴さんが葵をちらりと見る。からかわれた葵の顔は赤くなっていた。

「あ、その、私は雄也くんと……」

「君たちの関係は先ほど雄也くんから聞いた。大丈夫だよ、葵ちゃん。他言はしない。それと、お姉さんからお節介なアドバイスを一つ……優しい年上の彼にたくさん甘えなさい。君の可愛さならイチコロさ」

そう言われた葵は、より顔を赤くしてうつむいた。

千鶴さんのアドバイスの真意がわからない。アレか？　未成年なんだから、もっと保護者に甘えたほうがいいって意味か？

　疑問に思いつつも、とりあえず俺は千鶴さんに折り畳み傘を手渡した。

「ありがとう、雄也くん。この恩は二分の一にして返すよ」

「恩のサイズ小さくなってるじゃないですか……気にしないでください。恩を着せたくて貸すわけじゃないですから」

「ふふっ。君は本当に気遣いができる大人だ。私も見習わなければな」

　千鶴さんは「それじゃあね」と別れの挨拶をして、雨の降る雑踏に消えていった。

「ごめんなさい、雄也くん。私が制服で来なければ、女子高生と暮らしていることを誤魔化せたのに……」

「葵が謝ることじゃないよ。こっちこそ、ごめんな。騒々しい人だったでしょ？」

「あ、いえ。大人の女性って感じで、とても素敵な方でした」

「ま、まぁ見た目と仕事ぶりは素敵かもね……」

　千鶴さんのメンツのためにも、お酒が大好きな地雷女だよ、とは言わないでおく。

「雄也くん。千鶴さんは、ただの上司なんですよね？」

「えっ？　そうだけど……なんで？」

「その……千鶴さんのことが好き、ということは……」

「それはないよ」

俺は力強く答えた。

「うん。千鶴さんのことは尊敬しているけど、それは上司としてだ。恋愛対象として見たことはない」

「本当ですか？」

「なるほど……なら安心ですね」

ほっと安堵のため息をつく葵。

もしかして……俺が千鶴さんに惚れていると思って不安だったのか？

「葵……ヤキモチ妬いちゃったの？」

「そ、それは……ちょっとだけ」

葵はむすっとした顔で「そんなこと聞かないでください。ばか」と言った。その頬は少し赤い。

「ごめん。ちょっと意地悪しちゃったな」

葵の頭をなでつつ、ここ数年は恋愛のことなんて考えてなかったな、とふと思う。

仕事で恋愛どころではなかったのもある。ただ、心惹かれる女性との出会いもなかった。

彼女か……俺の考える理想の女性ってどういう人だろう。

外見も大事だとは思うけど、お互いの波長が合って、楽しい時間を過ごせる人が一番だ。あとは……うん。笑顔が可愛くて、甘えんぼな人がタイプかも。おもわず守ってあげたくなるような、そんな女性が身近にいれば――。

そこまで考えて、ふと脳裏に葵の顔が浮かんだ。二人で楽しく食卓を囲み、職場や学校の話をしている日常風景。

驚き、はっと息を呑む。

理想のタイプを考えていたのに、気づけば葵を思い浮かべている自分がいる。

「雄也くん。ぼーっとして、どうしたんですか？　お口が空いてますよ？」

葵は「ふふっ。なんだか面白い顔です」と笑った。その可愛らしい笑顔が、脳裏に浮かんだ葵の表情と重なってドキッとする。

「……うん。なんでもないよ」

気持ちの整理はつかないが、せめて心の内を悟られないようにと、俺は笑ってみせた。ぎこちない笑みになっていやしないか心配だ。

「あの……本当に大丈夫ですか？　心ここにあらずって感じですけど……」

「平気だって。さあ、俺たちも帰ろう。傘、持ってきてくれて助かったよ」

「あっ。その件なんですが、えっと……」

　葵は急にもじもじし始めた。何か言いにくそうに口ごもっている。

「どうかしたの？」

「いえ。その……傘、一本しかないんです」

　言われて葵の姿をまじまじと見る。

　たしかに、彼女は自分の傘しか持っていない。

「そっか。いいよ、気にしないで。忘れちゃったんでしょ？」

「違うんです。わざと一本しか持ってきませんでした」

「わざと？」

「……二人で同じ傘に入りたかったんです」

「えっと……相合傘がしたいってこと？」

「はい。その……以前、雄也くんが『遠慮するな』って言ってくれたから、それで……だめ、ですか？」

　おずおずと尋ねる葵を見ていると、自然と微笑ましい気持ちになる。年相応なピュアなお願い、可愛すぎるでしょ。

　それに嬉しかった。葵が遠慮せずにやりたいことを言ってくれたことが、とても。

　相合傘か……年齢的に少し恥ずかしいが、葵が勇気を出してお願いしたんだ。その気持ちに応えよう。

「わかった！　じゃあ、相合傘して帰るか！」

「えっ？　い、いいんですか？　社会人が女子高生と相合傘なんてしたら、変な目で見られますよ？」

「見られてもいいよ。それより葵のしたいことをやろう。な？」

「雄也くん……ありがとうございます」

俺たちは一本の傘をシェアして帰路についた。

空は灰色の雲に覆われている。しょぼしょぼと降る、頼りない雨だった。この様子だと明日には止むだろう。

「雄也くん。肩、濡れています」

葵は俺に傘を押しつけた。負けじと俺も葵に傘を押しつける。

「いいよ。葵が濡れて風邪を引いたら大変だ」

「それはこっちのセリフです。雄也くんが風邪を引いたほうが大変ですよ。私は学校を休めますが、お仕事は気軽に休めませんし」

二人で持っている傘は、俺と葵の間を行ったり来たりしている。思っていた以上に葵は頑固だった。

「困ったな……じゃあ、もっと俺のそばに来なよ」

「あっ、ちょっと……！」

葵の肩に手を回し、そっと抱き寄せた。密着する格好になって窮屈だけど、こうすれば二人とも傘の中に入ることができる。

「どう？　これでお互い濡れないでしょ？」

「雄也くん……ずるいです。ばか」

「え？　お、怒ってるの？」

「違います。でも、ずるいです。ありがとうございます」

「貶したり礼を言ったり忙しいな……」

「うるさいです。ばか」

そう言って、葵は黙ってしまった。嬉しそうなので怒ってはなさそうだけど、何がずるいのかよくわからない。

「うーん、やっぱり年頃の女の子って難しい……葵？　何笑ってるの？」

「ふふっ。嬉しいからですよ。私のお願いを聞いてくれて、ありがとうございます」

その柔らかい笑顔には、雨の日に咲く紫陽花みたいな可愛さがある。

仕事で疲れた心が葵のおかげで癒えていく気がした。

「ああ……俺、だから頑張れちゃうんだよな」

「はい？　どういう意味ですか？」

「いや、ただの独り言。気にしないで」

俺は咄嗟に嘘をついた。

照れくさくて言えないよ……葵がそばにいてくれるから、仕事を頑張れるだなんて。

「そんな言い方をされたら気になります。教えてください」

「だめ。葵にはナイショ」

「ぶぅ。雄也くん、意地悪です」

いじける葵の顔が可笑しくて、俺は笑った。

俺たちは身を寄せ合い、雨の降る帰路をゆっくり歩いた。

◆

翌日、葵は三十八度を超える熱を出し、ダウンした。

「雄也くん。お手を煩わせてごめんなさい」

葵は布団の中で申し訳なさそうに謝った。顔は火照っていて、明らかに体調が悪そうだ。

今朝、葵は布団の中から出ずに、ぼーっと天井を眺めていた。額に汗をかいており、呼気も荒く、体調が悪いのは明らかだった。慌てて葵に熱を測らせ、学校に休む旨を連絡して今に至る。

「病人はそんなこと気にしないでよろしい。体調が悪いときはお互い様なんだから」

「ありがとうございます……あの、そろそろ会社に行く時間では？」

「大丈夫だよ。さっき休みの連絡入れたから」

「えっ⁉」

葵は、がばっと体を起こした。

「駄目ですよ。早く行かないと」

「いいんだ。千鶴さんが上手いこと会社に言ってくれているから」

「で、でも……」

「ほら。病人は寝てろって」

俺は葵の両肩をそっと押して再び寝かせた。

「葵に早く元気になってほしいんだ。だから、今日はめいっぱい看病させて？」

「雄也くん……ありがとうございます。では、お言葉に甘えます」

あきらめたのか、葵は俺の厚意を受け入れてくれた。理由はよくわからないが、何故か嬉しそうな顔をしている。

「とりあえず、朝食にしようか」

「朝はご飯と鮭、お味噌汁にしようかと思っていました。まずは二合のお米を研いでください。その間に私はお味噌汁の準備を……」

「こらこら。寝てろって言ったでしょ。病人は仕事しなくていいの。というか、熱があるのに鮭やら味噌汁やら食べたくないでしょ？」

「うっ……そう言われると、たしかに」

「コンビニで朝食を調達してくるよ。他にも買っておきたいものもあるし」

「あ、それならドラッグストアのほうがいいですよ。お薬もありますし」

「まだ朝の八時前だ。開店してないって」

「あっ……そうでした」

普段はしっかり者の葵だが、今日は空回りしている。これも熱のせいなのかもしれない。

「じゃあ、俺はコンビニ行ってくるから。絶対に寝ていること。いいね？」

「うぅ……わかりました。お願いします」

「……絶対だよ？」

「な、何もしませんってば」

「あはは。黙っていると働きそうだから、一応、釘を刺しておこうと思って。それじゃあ行ってきます」

葵によく言い聞かせて、俺は部屋をあとにした。

コンビニに向かう途中に考える。

いつもは葵にお世話されてばかりだけど、今日は俺がお世話する番だ。少しでも早く快復に向かうように、精いっぱい看病しよう。

まずは食事だ。病人でも食べやすく、それでいて美味しいものを用意してあげよう。

メニューを考えながら、コンビニへと急いだ。

◆

「ただいまー」

帰宅すると、葵は言い付けを守って布団の中にいた。眠れなかったようだが、安静にしていたようで安心した。

布団のそばに腰を下ろし、ビニール袋を置く。中身は水分補給用の飲料、病人でも食べやすい食料、それから額に貼る冷却シートだ。

「おかえりなさい、雄也くん。いろいろ買ったんですね」

「うん。レトルトのおかゆと冷凍うどん、好きなほうを選んで?」

ビニール袋から購入した品物を取り出すと、葵はそれらを見て顔をしかめた。

「雄也くんの朝食はピザパンですか。また健康に悪そうなものを……」

「おっ。小言を言えるくらいなら、すぐに元気になりそうだね」

「……今日の雄也くん、意地悪です」

葵は「おかゆがほしいです」と言って布団を顔まで被った。

いつもと立場が逆転しているのが可笑しくて、おもわず笑ってしまう。

「あはは。わかった、準備するね……その前に冷却シート貼ってあげる。おでこ見せて?」

「うー……お願いします」

布団からひょっこり顔を出す葵。少しむすっとしているように見える。可愛いけど、これ以上からかうのはやめておこう。

俺は葵の額をタオルで拭ってあげてから冷却シートを貼った。

「どう? 少しは楽かな?」

「はふぅ……ひんやりしていて気持ちいいです」

「ならよかった。じゃあ、俺はご飯作ってくるね」

葵の寝室を出て台所に立った。

「さて。おかゆ作るか！」

とはいえ、単純にレンジで温めて完成ではない。レトルトの白がゆに一手間加えようと思う。いわゆるアレンジレシピだ。

購入した食料の中に鶏がらスープの素がある。今回はこれを使って美味しいおかゆを作ることにした。

「ふふっ。葵をびっくりさせてやろう」

意気揚々とスマホを取り出し、検索したレシピのページを開いた。

まず始めに、レトルトの白がゆと鶏ガラスープの素を耐熱ボウルに入れてかき混ぜる。

次に冷蔵庫から生玉子を取り出し、殻を割って、別のボウルに入れる。菜箸で卵黄をほぐし、卵白と軽く混ぜていく。いい感じに溶きほぐせたら、おかゆのほうのボウルにそれを入れる。あとはラップをかけてレンジで温めるだけだ。

チン、とレンジのタイマー音が室内に響く。これをボウルから器に移して完成だ。

と、その前に味見してみよう。

「……うまっ」

とろりとしていて、甘味のある卵がゆだった。あっさりした鶏がらスープの味が優しく馴染み、ワンランク上のおかゆに昇華している。

ふわりと立ち昇る湯気と香りも食欲をそそる。おかゆだから食べやすいし、これなら葵も満足してくれるだろう。

俺はおかゆを持って葵のそばに腰を下ろした。

「雄也くん。ちゃんと作れましたか？」

「なんとかね。葵みたいに手際よくはできなかったけど」

「ふふっ。自炊しないからですよ？」

そう言って、目を細める葵。顔は火照っているが、冗談を言う元気はあるようで少し安心した。

「おかゆ、食べられそう？」

「はい。いただきます」

「食欲もあるみたいだね。食べて安静にしていれば、きっとすぐ良くなるよ」

俺はレンゲを持っておかゆをすくった。

「あの……雄也くん。何しているんですか？」

「何って、食べさせてあげようと思って」

「えっ⁉　い、いいです！　自分で食べますから！」

「病人はおとなしく厚意に甘えておけって。ほら、ふーふーして？」

葵の抗議を無視して、レンゲを彼女の口元に近づける。

「は、恥ずかしいです……」

そう言いつつも、葵はおかゆにふーふーと息を吹きかけて冷ました。

「はい。あーん……」

「あ、あーん……」

ぱくっ。

一口食べると、葵の照れくさそうだった表情が、徐々に驚きの色に染まっていく。

「あっ……美味しいです」

「本当に？」

「ええ。とても」

葵は小さく頷き、優しい笑みを浮かべた。

よかった。その一言が聞けて安心したよ。

同時に喜びがこみ上げてくる。自分の作った料理を「美味しい」って言ってもらえるの、嬉しいものなんだな……まぁ俺の作ったおかゆを料理と呼べるかは怪しいけど。

「雄也くん。これ、レトルトのおかゆをアレンジしたんですか？」

「うん。ネットにレシピが載っていたから真似してみたんだ」

「よくできましたね。えらいです」

「おいおい。子どもじゃないんだから」

「すみません。からかうつもりはなかったんです。私のためにありがとうございます……ふふっ、やった」

　葵は小さくガッツポーズをした。

　えっと……なんでガッツポーズ？

「ねえ。『やった』ってどういう意味？」

「それは……昨日、雄也くんは千鶴さんに傘を貸してあげたじゃないですか。あのとき、雄也くんが他の女性に優しくしているのを見て、ちょっぴり悔しくて……でも、許してあげます。昨日の千鶴さんよりも、今日の私のほうがずっと優しくされているので」

　葵は「私の勝ちです」と言って、とても誇らしげな様子だった。

　勝ちも何も、同居人に優しくするのは当たり前だと思うけど……まぁいいか。喜んでいる葵、なんか可愛いし。

「雄也くん。おかゆ、もっと食べたいです」

「どうぞ召し上がれ。まだたくさんあるからね」

ご機嫌の葵におかゆを食べさせる。最初は恥ずかしがっていた葵だったが、食べさせられているうちにすっかり慣れたみたいだ。

葵はあっという間におかゆを平らげた。

「雄也くん。ごちそうさまでした」

「どういたしまして。食欲があるみたいでよかったよ……葵、もしかして汗かいてる？」

「はい。体が熱いです。寝ている間に汗をかいてしまって。パジャマもぐっしょりです」

「わかった。ちょっと待ってて」

手早く食器を片付けた後、二枚のタオルを用意した。それらをぬるま湯で温め、葵の着替えと一緒に彼女のもとへ持っていく。

「葵。おまたせ」

「えっと……次はなんでしょうか？」

「汗かいたんでしょ？　タオルで体拭いて、パジャマに着替えたほうがいいよ」

汗をかいた体や服をそのままにしたら風邪が悪化する。そもそも不衛生だし、葵も気持ち悪いだろう。

ちらりと時計を見る。もうドラッグストアが開店している時間だ。

「俺、近所のドラッグストアに行ってくる。その間に体拭いて着替えておいてね」

「は、はい……」

「ん？　なんか問題あった？」

「いえ。その……なんだか今日の雄也くんは面倒見がいいなって」

「あはは。普段は面倒見がよくない？」

「そんなことありません。その……いつも以上に頼りがいがあって、かっこいいなって。そう言いたかったんです。察してください……ばか」

葵は再び布団で顔を隠してしまった。

そこまで素直な言葉で褒められると、さすがに照れる。俺も布団を頭から被りたいくらいだ。

葵はひょっこり顔を出した。熱なのか照れくさいのか不明だが、頬がほんのり赤い。

「あの……やっぱり雄也くんは雄也くんでした」

「なんだそれ。急にどうしたの？」

「最初に会ったときは、七年も経って変わったなぁって思ったんです。でも、そんなことありませんでした。昔と変わらず、優しくて頼れるお兄さんの雄也くんのまま……よかったです」

昔と変わらず、か……自分では昔と随分変わったと思う。くたびれたサラリーマンになったし、昔のようなキラキラ感はまるでない。

それでも葵が今の俺を『昔と同じ』と思うのなら……それはきっと彼女の影響だと思う。

「な、なんか恥ずかしいことを言ってしまいました。熱の影響かもしれません」

「いや。そう言ってもらえて嬉しいよ。ありがとね。それと……葵も葵のままだ。昔から変わらないその可愛い笑顔も、甘えんぼなところも、すべて葵の魅力だと思う」

「は、恥ずかしいからやめてください。熱あがっちゃいます。ばか」

葵は本日三度目となる布団被りを披露し、隠れてしまった。喜んでくれるかなと思って本心を言ったんだけど……失敗だったか？

などと考えていると、

「……嬉しいです。できれば、昔みたいにもっと雄也くんに甘えたい、かも……」

くぐもった小さな声が返ってきた。

できれば、なんて遠慮がちな言い方が、いかにも葵らしいと思う。

「俺のほうは準備できてるから、いつでも甘えてくれ。それじゃあ、ちゃんと体拭いて着替えておいてね」

俺は財布を持ち、部屋を出た。

歩きながら、この後のことを考える。

葵に薬を飲ませたあとは家事をしなければならない。ゴミ出しは朝一番でやったでしょ？　他は……そうだ。洗濯物を片付けないといけない。昼ご飯はさっき買ってきたうどんでいいとして、晩ご飯は葵の体調を見つつ、本人と相談して決めよう。

えっと……他にやるべき家事はなんだ？

そこまで考えて、いかに葵が毎日家事を頑張ってくれているのかを実感する。

「あー……もしかして、無理させていたのかもな」

慣れない二人暮らしが始まり、家事と学業に追われる日々。そりゃ体調を崩しても無理はない。

少しでも葵の負担を減らしたい。俺にできることは何かないだろうか。

考えながら、ドラッグストアへと向かった。

◆

翌朝、葵の熱は下がった。昨日のようなだるさもなく、身体の調子もいいらしい。念のため学校は休むことになったが、明日には完全復活しそうである。

「葵。病み上がりなんだから無茶したらダメだよ？」

出社前、俺は玄関で葵に念を押した。

「わかっています。夕飯の用意だけにしておきますね」

「そこは譲らないんかい」

「ふふっ。料理は私の生きがいですから」

「ドヤ顔してるし……仕方ないなぁ。でも、その他の家事はやらないでよ？」

「わかっています。そもそも雄也くんが手伝ってくれたから、残っている家事はほとんどありません」

今朝、俺は葵より早く起きて、洗濯、ゴミ出し、風呂場掃除、朝食の準備を担当した。もっとも、朝食はトーストとコーヒーという簡素なものだけど。

「あのさ、葵。これからは俺も家事を手伝うから。二人で分担しよう」

「急にどうしたんですか？　おうちの仕事は私に任せてくれていいんですよ？」

「そういうわけにはいかない。二人暮らしなんだから、支え合っていかないと」

「二人暮らし……支え合う……」

葵は俺の言葉を反復し、やがて頬を緩めた。

「そうですね。では、私が雄也くんに家事を教えましょう。私の指導は厳しいですよ？」

「ははっ。お手柔らかにね、師匠。それじゃ行ってきます」

葵に背を向けて靴を履き、職場へ向かおうとした。

……ん？

なんだ？　後ろから引っ張られている気がするんだが……。

振り返ると、葵は俺のスーツの裾を掴んでいた。

「葵？」

「いってらっしゃい」

「いや。その手を離してもらわないと仕事に行けないんだけど……」

「あ、ごめんなさい」

葵は慌てて手を離した。上目づかいで名残惜しそうにこちらを見ている。

……もしかして、俺に出社してほしくないとか？

いやいや。さすがに寂しがり屋の葵でも、そんな大胆なワガママは言わないだろう。俺の勘違いだな、うん。

「雄也くん。あの……甘えても、いいんですよね？」

「え？　ああ、そりゃもちろん」

「じゃあ……失礼します」

葵は俺に近づき、腰に手を回してそっと抱きしめてきた。

「あ、葵？　どうしたんだ？」

「夜まで会えなくて寂しいです。だから……ちょこっとだけ、充電させてください」

めちゃくちゃ可愛い理由だった。たしかに遠慮するなとは言ったけど、甘え方上手すぎでは？

こんな寂しがり屋が部屋で俺の帰りを待っているかと思うと、絶対に定時退社しようって気持ちしかない。今日も一日、張りきって仕事しなければ。

「甘えんぼさんだな、葵は」

「こ、子どもっぽいですか？」

「ううん。葵らしいよ。可愛いと思う」

「……ばか」

そう言って、葵は俺の胸に顔をうずめた。赤くなった顔は隠せても、真っ赤な耳は隠せていない。

しばらくして、葵は顔を上げた。

「雄也くん。充電完了しました。これ以上は遅刻してしまいます」

「そうだね。じゃあ、今度こそいってきます」

葵からそっと離れて、玄関のドアノブに触れた。

「雄也くん」

「なに？」

「早く帰ってきてくださいね」

「……任せて。ダッシュで帰ってくるよ」

葵と約束を交わして部屋を出た。

早く帰ってきて、か……そんな甘え方されたら残業なんてできないな。

それに俺自身、葵と団らんしながら食事を取ることが毎日の楽しみになっている。早く帰るのは自分のためでもあるのだ。

歩きながら、グッと背伸びをする。

「よっしゃ。今日一日も頑張るか」

今日の晩ご飯はなんだろう。

おかずの予想を楽しみながら、駅まで歩いたのだった。

◆

季節は秋。同居生活も半年が過ぎ、十月になった。

オフィスの窓の外には、水色の澄んだ空が広がっている。太陽は遥か高くまで昇り、空には雲一つさえない。夏のうだるような暑さもすっかり身を潜め、過ごしやすい気候になってきた。たしか、最高気温は二十℃だったっけ。

今日も葵が俺の帰宅を待っている……そう考えたら、仕事に精が出るのは当然だった。

社内ミーティング、取引先との打ち合わせ、議事録の作成、プログラマーのフォロー……業務に追われているうちに、あっという間に夕方になった。

今はメンバーの進捗を確認して、スケジュール管理を行っている。

「飯塚さん。ご相談なんですけど、可能であればこちらの作業も手伝っていただけますか？」

「ん。どれどれ……了解。お姉さんにお任せあれー」

雑務を振ると、飯塚さんは快く引き受けてくれた。

メンバー全員で仕事を分け合うようにしてから、俺の残業時間は劇的に減った。以前は二十一時頃まで会社に残っていたが、今では遅くても十九時過ぎには退社している。

抱えているプロジェクトの進捗も滞りない。何かトラブルがあったとしても、余裕をもって納期を迎えられそうだ。

「飯塚さん。いつも対応してくださってありがとうございます。マジで助かってます」

「いいってことよ。遠慮せず頼ってね？　これくらい朝飯前だから……それにしても、雄也くん変わったよねぇ」

飯塚さんはニヤニヤしながらそう言った。千鶴さんといい、この職場の女子は勘が鋭い。

「俺、そんなに変わりました？」

「うん。みんな言ってるよ？　半年前までは『くたびれた社会人』って感じだったのに、今は仕事のできる爽やかイケメンになったって」

「俺のこと、今までそんなふうに思っていたんですか⁉」

地味にショックだった。千鶴さんだけでなく、職場のみんなにもくたびれていると思われていたのか。

「ごめんねー。でも今はかっこいいよ、後輩！　今はね！」

グッと親指を立てる飯塚さん。全然フォローになっていないし、『今』を強調するのはやめてほしい。

「ところで、どうして急に変わったの？　前より見た目にも気をつかっているし……もしかして、彼女できた？」

核心をつく質問に、おもわずドキッとする。

「な、何言ってるんですか。そんなんじゃないですって」

「マジかー。てっきり、千鶴の姉御と付き合い始めたのかと思ったよ。ほら、君たち仲いいからさ」

「ええっ⁉　ち、違いますよ！　千鶴さんとはそういう関係ではなく、ただの上司と部下で……！」

「あははっ！　いや必死か！　リアクション面白いなぁ、雄也くんは」

飯塚さんは、けらけらと笑った。俺より年上だが、目尻に皺を寄せて豪快に笑うその表情は、愛嬌があって可愛らしい。余談だが、千鶴さんのことを「姉御」と呼ぶのはこの人くらいなものである。

「じゃあ、なんで最近変わったのかな？　お姉さんに言ってみ？　ん？」

「そ、それは……」

実は女子高生と同居しているんです……などと正直に言えるはずがない。はて。どう言い逃れようか……。

返答に迷っていると、飯塚さんは苦笑した。

「雄也くんは真面目だねぇ。言いたくないなら答えなくていいってば」

「は、はい。なんかすみません……」

「こっちこそ、困らせてごめんね。さて、仕事やりますか。あまり君に構っていると、姉御に怒られそうだ」

飯塚さんは「君は姉御のお気に入りだからね」と楽しそうに言ってＰＣに向き合った。

お気に入りというか、最近は玩具みたいに扱われているけどね……。

嘆息しつつ、俺は自分のデスクに戻った。キーボードを黙々と打鍵し、昼過ぎに届いたメールの返信をしていく。

今日の仕事は……あとは雑用ばかりだな。残してしまっても大丈夫。勤務時間ギリギリまでやって、終わらなかったら明日に回しても問題ないだろう。

返信メールの文面を考えていると、姉御、もとい千鶴さんにそっと肩を叩かれた。

「やあ、雄也くん。仕事は順調そうだね」

「はい。残業時間もだいぶ減りました」

「それはなによりだ。以前よりも顔色もいいし、葵ちゃん効果は絶大だな」

千鶴さんは他の人に聞こえないほどの小さい声でそう囁いた。

「ちょっと、千鶴さん。職場でその話は……」

「おっと、すまない。内緒だったな。では隠語で話そう」

「え？　い、隠語ですか？」

「うむ。ＩＴ用語でカモフラージュすれば、この会話が誰かの耳に入っても問題はない。

以下、葵ちゃんのことは『アジェンダ』と呼ぶ。外国人女性っぽくていいだろ？」

「たしかに『アマンダ』みたいに聞こえるけども」

　会議の要点をまとめたヤツでしょ、アジェンダって。葵と全然関係ないじゃん。

「アジェンダは可愛いだけでなく、スタイルもいいよな。いわゆるモデム体型というか」

「モデル体型、でしょ。葵がモデムみたいな体型だったらビックリですよ……というか、そこはカモフラージュする意味ないのでは？」

「うむ。深い意味はない。ただのコードも染みた言葉遊びさ」

「子ども染みた、ね！　そこもカモフラいらないから！」

「まあまあ。そうＷｉｋｉり立つなよ」

「いきり立つって言え！　ツッコミ追いつかんわ！」

　バグが多すぎて解析が面倒すぎる。誰かデバッグしてくれ。

「まったく、千鶴さんは……アホ言ってないで仕事してくださいよ」

「言われずとも仕事に戻るよ。君にはそろそろ息抜きが必要かなと思って話しかけただけさ。ほら、これをやろう」

　千鶴さんはメモ書きと個別包装されたチョコレートをデスクの上に置いた。

「ありがとうございます。いただきますね」

「どうぞ、召し上がれ……あまり根詰め過ぎないようにな。ちゃんと休憩も取るように」

そう言い残して、千鶴さんは自分の席に座った。

また千鶴さんに心配されてしまったな……もしかしたら、自分でも気づかないうちに頑張り過ぎていたのかもしれない。

包装を破り、チョコを口の中に放り込む。ミルクチョコレートの甘さが口内にじんわりと広がっていく。

そういえば、メモ書きも残していったな。どれどれ。なんて書いてあるのかな……。

『チョコとアジェンダの唇、どっちが甘い？』

「アジェンダのリップの味なんか知らんわ！」

おもわず叫び、千鶴さんを睨みつける。彼女は笑いをこらえるように腹を抱え、ぷるぷると震えていた。俺、マジで玩具だと思われているのでは？

俺は千鶴さん宛てに社内メッセージを送った。

『言っておきますけど、俺はアジェンダに手を出してませんからね？　まったく……こんなことばっかりしているから恋人できないんですよ』

仕返しのつもりで豪快に地雷を踏んでやった。

すると、わずか二秒で返信が来た。さすがに早すぎる。会員登録したあとに秒で来る自動返信メール並みだ。

おそるおそるメッセージを開く。

本文には『は？　君のデスクトップ、私のセクシー自撮り写真に変えてやろうか？』と書かれてあった。どんな罰ゲームだよ。地獄か。

戦慄した俺は、すぐさま謝罪のメッセージを送るのだった。

◆

定時で退社した俺は、葵の待つマンションに帰ってきた。

部屋のドアを開けた瞬間、香辛料のいい香りが鼻腔をくすぐる。今晩はきっとカレーだ。

玄関で靴を脱ぎ、中に入る。

葵はイヤホンをつけて勉強をしていた。テーブルの上には古典の教科書とノートが置かれている。

俺の存在に気づいた葵は、イヤホンを外して立ち上がった。

「おかえりなさい、雄也くん」

「ただいま。勉強中だった？」

「はい。古典は苦手なので、現代語訳をして予習することにしているんです」

「そうなのか。勉強も頑張っていて偉いね」

頭をなでてあげると、葵は「お、大げさですよ」とはにかんだ。その頬はほんのり赤い。

「そんなことより、お風呂とご飯、どちらにしますか？」

「ご飯がいいかな。お腹すいちゃったよ。部屋に入ったら、すごくいい香りがしたからさ」

「ふふっ。今日の晩ご飯はビーフカレーです」

葵は「すぐにご飯の準備をしますね」と言い、勉強道具を片付けた。その間、俺は手洗いやうがいを済ませて、食器を用意する。

晩ご飯の準備を終えた俺たちは、二人で向かい合って席についた。

「いただきます」

スプーンでカレーを口に運ぶ。

お肉はほろほろで、口の中で溶けてしまうほど柔らかい。じゃがいもはほくほくで、これまた食感がいい。人参と玉ねぎも甘味がある。

俺たちは談笑しながら、あっという間にカレーをたいらげた。

「ごちそうさまでした。葵、すごく美味しかったよ」

「お粗末様でした……あ、食器は私が洗います」

「ううん、俺がやる。葵は楽にしてて」

「いえ、私がやりますから」

「いやいや、俺が……って、葵。口にカレーついてる」

「えっ？」

「ほら。じっとしてて」

ティッシュを一枚取り、葵の口を拭った。葵は頬を赤くして硬直している。

「はい、綺麗になったよ」

「あ、ありがとうございます……」

「あはは。いつかのシチュエーションと逆だな」

「んもう。意地悪しないでください……ふふっ、雄也くんったら」

葵の笑顔に癒されつつ、ティッシュをゴミ箱に捨てようと立ち上がる。

「……ん？　なんだこれ」

ゴミ箱の中に一枚のプリントを発見した。俺はそれを拾い上げる。サイズはＢ５。どうやら葵の学校で配られたものらしい。

見出しには『授業参観のお知らせ』と書いてある。

「へえ。学校で授業参観あるんだ？」

「はい。でも、お母さんは海外にいるので、学校には来られませんから……」

「葵……」

「私、こういう行事は昔から縁がないんです。お母さんはずっと仕事で忙しかったですし……だから、あまり気をつかわないでくださいね？」

葵は「心配ご無用です」と笑いながら言ったが、涼子おばさんのことを思い出したのか、寂しそうな目でプリントを見ている。

その反応……葵のヤツ、また遠慮しているな？

授業参観には縁がないからあきらめているだけだ。本当は来てほしいに違いない。

だとすれば、俺がやることは一つ。

「じゃあ、俺が授業参観に行ってもいいかな？」

「はい？　えっと……正気ですか？」

「ああ。ほら、プリントのここ読んで。『保護者各位』って書いてあるだろ？　俺は葵の保護者だ。つまり、俺にも授業参観の参加資格はあるってことだよ」

「ええー……」

葵は開いた口がふさがらない様子だった。俺も無茶苦茶なことを言っている自覚はある。たぶん、千鶴さんの影響だ。

「頼むよ。涼子おばさんの代わりに授業参観に出席させてくれないか？」

「えっと……私が頼むのならともかく、どうして雄也くんがお願いするんですか？」

「俺が行きたいと思ったからだよ。葵の学校での様子を見てみたい」

きっと部屋で過ごす葵とは、違う一面が見られると思うんだ。

「でも、その日は会社があるのでは……」

「休ませてもらうよ。有給、まだまだ余ってるからね」

「……本当にいいんですか？」

遠慮がちに聞いてくる葵。

不安を吹き飛ばしてあげたくて、俺は笑ってみせた。

「もちろんだとも。授業参観、楽しみにしているよ」

「……ふふっ。どうして雄也くんが楽しみなんですか。変ですよ」

葵は嬉しそうに笑い、授業参観のプリントを眺めている。素直じゃない子だけど、そこがまた可愛い。

「それじゃあ、お言葉に甘えますね。授業参観、楽しみにしています」

「うん。俺も楽しみだ」

「もう。普通は逆ですってば……ばか」

最近、新たにわかったことがある。葵の言う「ばか」は「好き」の裏返しだ。罵倒の言葉とは裏腹に、本当は喜んでいるんだと思う。

「それはそうと、食器は私が洗いますので」

「頑固だなぁ……じゃあ、俺は食器を拭くよ」

「仕方ありませんね。そちらは譲ってあげます」

「ほほう。お子さまのくせに上から目線とは生意気な」

「なっ……こ、子ども扱いしないでください！」

「ははっ。ごめん、ごめん」

笑いながら、葵の頭に触れる。

「うぬぬ……なでなでされたからって、許してあげませんよ？」

「じゃあ、なでるのやめる？」

「……やめたら嫌です」

二人でじゃれ合う夜は幸福感に包まれていて嫌いじゃない。上手く言葉にできないけど、明日からまた頑張ろうという気持ちになるからだ。

葵と同居してよかった。

あらためてそう思った夜だった。

◆

数日が過ぎ、授業参観当日を迎えた。

校門の前に立ち、学校の表札をまじまじと見る。

「プリントに書いてあった学校名と同じ……ここが葵の通っている高校か」

葵から聞いた話だと、この学校はわりと有名な県立高校らしい。文武両道を目指す校風で、勉強と部活、両方に力を入れているのだとか。偏差値は六十を超えているし、全国大会に出場した運動部もあるって話だ。

「そうか。葵は勉強もできるのか……」

何でもできてすごいなと思いつつ、校門を抜ける。

今は昼休み。校内は喧騒で包まれていた。

男子はふざけ合って騒いでいて、女子は楽しそうにおしゃべりをしている。隅っこで話しているカップルらしき男女も目につく。俺が学生だった頃とそう大差ない光景が広がっていた。

懐かしい気分に浸りつつ、校舎の廊下をまっすぐ進む。

葵の教室——二年三組の前で足を止める。

教室の前にはテーブルがあり、保護者の出席簿が置いてある。ふむ。これに名前を書けばいいのかな？

名前を記入していると、後ろから「あ、雄也さんだ！　ちすちす！」と声をかけられた。

振り返ると瑠美がいた。彼女の制服姿は初めて見る。

「あ、瑠美ちゃん。こんにちは」

「ちすちす。へえ、彼氏も授業参観しておっけーなん？」

しまった。彼女は俺と葵が交際中だと思っているんだっけ。

「すまん。そのことは内緒にしておいてくれると助かる」

「うん、誰にも言ってないよー。バレたら葵っちが質問攻めにあってかわいそうだもん」

「そうか。ありがとね、瑠美ちゃん」

ほっと胸をなでおろす。瑠美が友達想いの優しい子で本当によかった。

ちらりと教室に視線を移す。もうほとんどの生徒が着席し、近くの席の子とおしゃべりをしている。授業を観に来た保護者の話でもしているのかもしれない。

教室の後ろには保護者がずらりと並んでいる。俺以外、全員女性だった。オシャレな服に身を包み、おめかししている。普段のスーツ姿なのは俺だけだ。

「雄也さん、葵っち探してるの？　もう教室にいるよ。ほら見て、あたしの隣の席」

「どれどれ……って、まず瑠美ちゃんの席がわからないよ」

「あはは、マジだ。ウケんね」

瑠美は「んじゃ、座ってきまーす」と言い残し、教室の中に入っていった。俺も彼女に続いて入室する。

目立つ場所で見学するのもどうかと思い、俺は隅っこのほうに立った。

「あははっ！　葵っち、マジだってばー！」

瑠美の笑い声がするほうに視線を向ける。彼女は隣の席の葵に話しかけ、こちらを指さしていた。

葵と目が合う。彼女は恥ずかしそうに笑い、こっそり手を振っている。俺も小さく手を振り返す。

葵は俺から視線を外し、瑠美とおしゃべりを再開した。途中で前の席の女子も会話に参加したが、笑ったり、冗談っぽく怒ったりと自然体で接している。

瑠美の言っていたとおりだ。葵はクラスメイトと楽しくやれているらしい。実際にその

様子を見ることができて安心した。

　学校での葵の様子を微笑ましく眺めていると、ふと視線を感じる。隣のママさんからだ。

ピンク色の服を上品に着こなしている。

　ママさんは俺に会釈して話しかけてきた。

「こんにちは。お若いですわね」

「え？　そ、そうですか？」

「ええ。お父さんではなく、お兄さんでいらっしゃるのかしら？」

　いいえ、同居人です……と言えるはずもない。俺は適当に誤魔化すことにした。

「えっと、親戚なんです。今日は姪っ子の両親が来られないので、代わりに参加させていただきました」

「あら。姪っ子さん想いですのね。こんなに優しい叔父さんなんだもの。きっと姪っ子さんも優しい子だと思いますわ」

「そ、そうですかね。あはは……」

「そうですわよ。うちの瑠美と仲良くしてあげてほしいですわ。おほほほほ！」

「んふっ！　こほっ、こほっ！」

　あぶねぇ。盛大に吹きそうになった。

こちらの上品なマダム、瑠美のママさんだったのか。あの子の母親、おほほって上品に笑うのね……。

親子の雰囲気の違いに驚いていると、教室のドアが開いた。

「はーい。みんな席ついてますかー？」

若い女性の教師が教室に入ってきた。生徒も保護者もおしゃべりをやめ、そろって教壇のほうを見る。

「では、号令をお願いします」

最前列の生徒が号令をして授業が始まった。

「古文の教科書、三十四ページを開いてください。先週お伝えしたとおり、『枕草子』を読んで解説していきます」

枕草子。作者は清少納言だ。「春はあけぼの」から始まる一節は、誰もが一度は耳にしたことがあると思う。

「――では、次の段落にいきますね。『秋は夕暮れ』から現代語訳してもらおうかな。じゃあ……白鳥さん」

葵が先生に指名された。

どうしよう。自分が指名されたわけではないのに、何故かめちゃくちゃ緊張する。

そういえば……家で予習していたとき、古典が苦手だって言っていたな。

葵、がんばれ。失敗してもいいから堂々と答えるんだ……！

「はい」

葵は短く返事をして静かに席を立った。

「『秋は夕暮れがいい。夕陽が差し、山の端に沈もうとしている頃、からすたちが、ねぐらに帰ろうと――』」

俺の心配をよそに、葵はすらすらと現代語に訳していく。部屋では見ることのないその姿に、俺は見惚れていた。

葵は家事だけでなく、本分の勉強もしっかりやっている。俺が家庭と仕事の両立を目標にしているのと同じ……いや。むしろ、すでに実践できている葵のほうがすごい。

可愛くて、しっかり者。それだけじゃなくて、頑張り屋さんなんだよな。花嫁修業も努力したって言っていたし……年齢とか関係なく、人として尊敬できる。

「『――風の音、虫の音が聞こえてくる様は、もはや言葉にできない』」

「はい。おっけーです。白鳥さん、すごいですね。お手本のような現代語訳でした」

保護者の間で「おおー」と小さな歓声が上がる。葵は頬を赤く染めて、恥ずかしそうに着席した。

ちらりと振り返る葵と目が合う。こっそりブイサインをする葵の仕草が可愛らしくて、おもわず笑みがこぼれる。

俺の同居人、学生バージョンでも可愛すぎ。

そんなふうに思った授業参観だった。

◆

「では、授業はここまでです。号令お願いします」

号令を合図に、教室の空気が弛緩した。隣の席の子と話す生徒もいれば、友達のもとに向かう生徒もいる。

葵は次の授業の準備をしてから席を立ち、廊下へ出た。授業の用意をしてから休憩するあたりが彼女らしいなと思う。

今日のこと、涼子おばさんにも報告しなきゃな。葵が友達と楽しくやれていることを伝えたら、きっと喜ぶぞ。

しばらくして、保護者がぞろぞろと廊下に出る。俺もそれに倣って移動した。

廊下に出ると、葵は同級生の男子と会話をしていた。彼は背が高く、爽やかな好青年といった印象を受ける。見た感じ、優しそうな子だ。

二人は笑いながら話をしている。もしかしたら、葵と仲のいい友達なのかもしれない。

「葵ちゃん。放課後、予定ある？　その……二人で遊び行きたいな、なんて」

会話を聞くつもりはなかったが、見逃せない言葉が耳に入ってきた。

学生なんだから、葵も同学年の男子と遊ぶことくらいあるだろう。ただ、二人きりというのは保護者的に気になるところだ。

……いや、違う。

この感情は保護者の立場から生まれた感情じゃない。

彼と遊びに行かないでほしい。

葵が知らない男と二人きりで遊ぶなんて嫌だ。

そんな男の嫉妬みたいな感情が胸の内に渦巻く。

俺は離れた場所で二人のやり取りを見守った。

「あの……私、今日は予定があるんです。ごめんなさい」

葵は申し訳なさそうに彼の誘いを断った。

安堵すると同時に疑問が残る。

今日、葵はどこかに出かける用事はない。今夜もいつものように、俺と部屋でまったり過ごすだけだ。

……用事があるなんて嘘をついたのは何故だろう。

「そっか。じゃあ仕方ないね。また今度誘うよ」

彼は笑顔でそう言った。断られても潔く引き下がり、爽やかな笑顔で返すこの態度……この子は絶対モテるなと確信した。

「すみません。せっかく誘ってくれたのに」

「いやいや。急に誘った俺が悪いんだって。予定あるなら仕方ないじゃん。葵ちゃんにとって大切な用なんでしょ？」

「ええ。とても大切な用事です。私、大好きな人と食事する時間は一番の楽しみなんです」

葵は、ふにゃっと幸せそうな笑みを浮かべた。

大好きな人と食事って……俺との食事のことだよな？

葵は同級生の誘いを断るくらい、俺のことを大切に想ってくれている……そう考えると、めちゃくちゃ嬉しい。公共の場だというのに、おもわずニヤケてしまう。俺は慌てて口元を手で隠した。

一方、彼は苦笑いしている。「彼氏いんのかー」みたいな困り顔だ。すまんな、イケメン君。大人げないかもしれないけど、俺の勝ちだ。

葵に想われて、こんなにも胸がぽかぽかする理由。

それはもう自分でもわかっている。

ふと葵と相合傘で帰ったあの日を思い出す。好みの女性のタイプを考えていたとき、脳裏に葵の顔がよぎった。あの頃から薄々は自覚していた。

俺は葵に恋をしている。

寂しがり屋な葵を守ってあげたい。彼女に頼られる保護者にならないといけない。そう思って、自分なりに努力してきた。

その過程で、少しずつ気持ちに変化が生じた。

葵の可愛い笑顔に癒されて。甘えられたらドキッとして。頼られたり、ワガママを言われたら嬉しくて。葵を喜ばせたいとか、もっと一緒にいたいと思うようになった。葵のことが好きだから生まれる、特別で愛おしい感情に変わっていったんだ。

この気持ちを葵に伝えたい。

いや、伝えないといけないんだ。

婚約を信じ、ずっと俺を想い続けてくれている葵に誠実でありたいから──。

「雄也くん」

「うわぁ！　あ、葵⁉」

いつの間にか葵がそばにいたから、おもわず驚きの声を上げてしまった。もう彼とは話を終えたらしく、今は一人のようだ。

「どうかしました？　ぼーっとしていたようですが……」

「え？　あ、ああ。葵の現代語訳が上手すぎて、余韻に浸ってたんだよ」

本当のことを言うわけにはいかず、俺は咄嗟に嘘をついた。

いかん。頬が妙に熱い。葵のことで頭がいっぱいだったせいだ。

「お、葵っちと雄也さん。ちすちーす」

瑠美が挨拶しながら駆け寄ってきた。正直、冷静ではいられなかったので、彼女が会話に入ってくれると助かる。

「雄也さん！　葵っち、現代語訳すごかったっしょ？　先生にも褒められてたし、マジ天才じゃん？」

得意気な瑠美の隣で葵は苦笑する。

「もう。どうして瑠美さんが誇らしげなんですか」

「お友達が褒められたらアガるっしょ！　あたりめーじゃん！」

「そ、そうですか……妙にテンション高いですね。何かいいことありました？」

「あ、わかる？　さっきね、彼氏が『今度、遊園地に行こう』って誘ってくれてさー」

「へえ。それはよかったですね」

「えへへー。彼がね、あたしが前に遊園地に行きたいって言ったの、覚えててくれたんだ。『彼女の行きたいところくらい、覚えてて当然だろ』って言われて、キュンキュンしちゃったぁ」

瑠美は頬を両手で挟み、恥じらうような仕草をした。元気いっぱいなギャルという印象だったが、乙女チックな一面もあるらしい。

……彼女の行きたいところ、か。

そういえば、葵はどこかに行きたいとか言わないな。欲しいものだって、ほとんどリクエストしない。今日の授業参観だってそうだ。俺が提案しなければ、来てほしいなんて言わなかっただろう。やはりまだ少し遠慮している節があるんだと思う。

よし。近いうちに、葵をデートに誘おう。

そしてデートの最後、葵に俺の気持ちを伝えるんだ。

そこまで考えたとき、予鈴が校舎に鳴り響く。

「あ、ホームルーム始まっちゃう。葵っち、いこいこ」

「はい。では、雄也くん。また後で」

「うん。ばいばい、葵。瑠美ちゃん」

手を振りながら、二人は教室へ入っていく。

さて。デートプランを決めなきゃな。

どこに行けば、葵は喜んでくれるだろうか。

どうやって気持ちを伝えるのが一番いいのだろうか。

考えながら、俺は学校を出た。

第四章　君への気持ちは社員旅行の中で

十月某日。

デスクでキーボードを打ちつつも、頭では仕事以外のことを考えていた。

あれからいくつかデートプランを考えてはみたものの、ピンとくる案は浮かばない。

例えば、ディナー一つとっても難しい。

最初は美しい夜景の見える高級フレンチを考えていた。だが、相手はまだ高校生。大人が行くようなレストランよりかは、庶民的なお店のほうが楽しめるかも、と悩んでいる。

問題はディナーだけではない。昼間はどこで遊べばいいんだ？

学生目線に立てばカラオケとかなのだろう。でも、いい大人がカラオケに誘うのも微妙な気がする。いや、そもそも葵はああいう賑やかな場所は苦手そうだ。葵から希望を聞き出せれば一番いいけど、素直にリクエストしてくれるかわからない。

……という感じで、なかなかデートの方向性が決まらない。年の離れた女性とデートするのって、案外難しいものなんだなと痛感した。

ため息をつき、オフィスの壁掛け時計を見る。時刻は十二時を回っていた。

「……昼食にするか」

仕事が一区切りしたところで席を立った。

今日はどこで昼食を取るか決めてある。オフィスビル内の食堂で味噌ラーメンが食べたい。あそこの味噌ラーメンは、何故か無性に食べたくなるときがあるから不思議だ。

食堂に入ると、人はまばらで空席が目立つ。まだ昼休みになったばかりだ。これから混むのだろう。

食券を購入し、味噌ラーメンを注文する。トレイに載せられた味噌ラーメンを受け取ってから、空いている席に腰を下ろした。

「おや。奇遇だね、雄也くん。隣、いいかな？」

千鶴さんに声をかけられた。彼女の持つトレイには、人気メニューのカツ丼が載せられている。

「いいですよ。千鶴さんも一人で昼食ですか？」

「は？　独り身だと？」

「言ってないよ⁉　食堂に一人で来たのか聞いただけです！」

「おっと、すまない。聞き間違えだったか」

千鶴さんは何事もなかったかのように隣に座った。とうとう自ら地雷を踏みに行くようになったんだが……どう処理すればいいんだよ。

「さ、雄也くん。冷めないうちに食べようじゃないか」

「……はい。いただきます」

気を取り直して、ほかほかと湯気が立ち昇る味噌ラーメンを一口すする。味噌の風味が口いっぱいに広がった。スープがいい仕事をしている。この縮れ麺も美味い。スープとよく絡むし、食感がもっちりしている。

食事を楽しんでいると、隣で千鶴さんが社用のスマホをいじっていることに気がついた。

「昼休みも仕事ですか。お疲れ様です」

「いや。過去の社内メールをチェックしているだけだよ。私だって昼は休むさ」

「でも、メール見てるんですよね？」

「ただのお知らせメールだ。ほら、これさ」

そう言って、千鶴さんはスマホを俺に見せた。

画面には一件のメールが映し出されている。

タイトルは『家族同伴社員旅行のお知らせ』。だいぶ前に送られてきたメールで、俺も見た記憶がある。今年は温泉旅行らしい。

この時期になると、うちの会社は社員を労ってなのか、総務部が中心となって社員旅行を企画してくれる。土日を利用した、一泊二日の慰安旅行だ。

「雄也くんは毎年不参加だったな。今年はどうするんだ？」

「うーん。行くつもりはないですね」

「本当にいいのかい？　今週末が申し込みの〆切だぞ」

千鶴さんはスマホに映し出された旅行の案内を見ながらそう言った。

不参加の理由は家族同伴旅行だからというのが大きい。俺に連れはいないし、同僚の家族に気を遣うのも疲れるからだ。

そこまで考えて、ふと葵の顔が脳裏によぎる。

……社員旅行に誘ったら、葵は喜んでくれるだろうか。

旅行ならば、ある程度は立ち寄るスポットが絞られてくる。『学生目線』などとあまり難しく考えず、行動範囲内でレストランやデートスポットを探せばいい。

問題があるとすれば、葵が俺の同居人だとバレるリスクがあることだ。社会人の男が女子高生と同居だなんて、職場のみんなに理解されるか怪しい。

そもそも、葵が遠慮する可能性だってある。社員旅行に連れて行くのは、そう簡単なことではない。

「雄也くん。一度、騙されたと思って参加したらどうだ？　旅費は会社持ちだし、案外面白いぞ？　しかも、夕飯は宴会場でタダ酒が飲めるという特典付きだ。最高だろ？」

「ははは、そこなんですね……あの、やっぱり家族連れの社員も多いですか？」

「一定数はいるよ。だが、私のような独身のほうが多いかな。だから、あまり窮屈な思いをしなくて済む……は？　今、私のことを独身と言ったか？」

「いや俺なにも言ってねぇし……そうですね。旅行の件、ちょっと考えてみます」

「考える？　煮え切らないな。何か悩みの種でも……ははーん」

「な、なんですか？」

「さては葵ちゃんを社員旅行に連れて行こうと考えているな？　君は本当に彼女のことが好きなんだな」

　どうして思考を読まれたのだろう。しかも、好きって気持ちもバレてるし……俺って顔に出やすいのか？

「あの、やっぱりマズいですかね？」

「葵ちゃんを旅行に招待して大丈夫か、という意味かい？　まぁたしかに君たちは家族ではないが、なんとかなるだろう。うちの会社、わりと緩いし」

「いえ。それもそうなんですが……」

「ふむ。何か悩みがあるようだな。よかったら相談してくれたまえよ」

「その……俺と葵が旅行に参加したら、絶対に注目されますよね？　未婚の俺が女子高生を連れて来るなんて、社員みんなに驚かれるでしょうし……俺たちの関係性がバレないか心配なんです」

「別にいいじゃないか。周囲の視線など些末なことだろう」

「ですが、職場で噂が広がるのも困ります。葵もきっとそれを気にして遠慮するんじゃないかと……」

「はぁ……君はもう少し自分に正直に生きるべきだぞ」

千鶴さんは嘆息した後で、ふっと笑った。

「いいかい、雄也くん。つまらないことを気にするな」

「つまらない？」

「君が不安に思う気持ちはわかる。だが、周りの目を気にしすぎて大事なことを見落とすな」

「大事なこと、ですか？」

「ああ。大事なのは葵ちゃんの気持ち、それから君の意思だ。何をすれば彼女が喜ぶのか。そして君はどうしたいのか。それが一番大事だろう。違うかい？」

「それは……」

「私たち社員のことは気にするな。自分たちの幸せを一番に優先していい。私がフォローしてやるから。それと、葵ちゃんのことは親戚の子だと紹介したまえ。私が総務部の知り合いに掛け合って、旅行に参加できるように手配しておくよ」

「千鶴さん……ありがとうございます」

「別にかまわんさ。あ、礼はいらないよ？　私の酒に少しだけ付き合ってもらえれば、それでいい」

そう言って、千鶴さんはカツをはむっと一口食べた。

普段は悪ふざけも多いけど、悩める部下の相談には真正面から向き合ってくれる。こういう先輩らしいところがあるから、俺はこの人を尊敬しているのだ。

「千鶴さん。今日、葵と相談してみます。あの子が行きたいって言ったら……いえ。きっと行きたいでしょうから、必ず旅行に連れて行きます」

「うむ。そうしたまえ。いい報告が聞けるのを楽しみにしているよ……ところで雄也くん。麺が伸びてるぞ」

「なんだって⁉」

慌ててどんぶりを見る。麺はスープを吸ってしまい、だいぶ太くなっていた。

一口すすってみる。うーん、縮れ麺のよさが死んでいるな……。

「はあ。味噌ラーメン、楽しみにしてたのに……」

「そう落ち込むな。ほら、私のカツを一切れやろう。これで味噌カツの完成だ」

「いやそうはならないでしょ」

苦笑しつつ、残りの麺を食べきった。

ひとまず葵を社員旅行に連れて行くこと自体は問題なさそうだ。

あとは、葵が喜んでくれるかどうかだけ。

帰宅したら、すぐに話してみるか。

残りの休み時間、俺は千鶴さんのスマホを借りて、社内旅行の案内を読んで過ごした。

◆

「ただいまー」

「おかえりなさい、雄也くん」

帰宅すると、葵がとてとてと小走りで駆け寄ってきた。

「走ると危ないよ。そんなに俺に会いたかったの?」

「なっ……そ、そんなんじゃありません。ばか」

葵は「鞄、お持ちします」と言って、俺から仕事鞄をぶんどった。照れ隠しもここまでくるとバレバレだ。

「雄也くん。ご飯とお風呂、どちらにします？」

「お腹すいちゃった。ご飯でもいい？」

「もちろんです。今準備しますね」

「あのさ、葵。ちょっと話があるんだけど」

「なんですか？」

葵は冷蔵庫にある食材を探しながら返事をした。

「今度どこかへ遊びに行かないか？」

「遊びにですか？　いいですね。どこがいいでしょうか」

「例えば、温泉旅行とか」

「温泉旅行⁉」

ばたんっ！

冷蔵庫の扉が勢いよく閉まる。

葵はくるりと振り返り、目を輝かせた。ものすごい勢いでこちらに接近し、ぐいっと顔を近づけてくる。

「いいんですか⁉」

「う、うん。ただ、家族同伴の社員旅行になるから、他の人もいるけど……」

「社員旅行でも全然かまいません！　雄也くんと旅行に行けるなら何でも嬉しいです！」

「そっか。喜んでもらえてよかったよ。同居してから遠出することもなかったし、ちょうどいいなって思ってさ」

「雄也くん……誘ってくれてありがとうございます！　好きな人と旅行なんて夢みたいです！　今からすごく楽しみで夜も眠れません！　寝不足確定です！」

「わ、わかったから。ちょっと落ち着こう。な？」

「落ち着いていられませんよ！　だって、雄也くんと社員旅行にいける……あっ」

ふと我に返った葵は、後ろに一歩下がって距離を取った。

「その……やっぱりやめておきます」

葵は困ったように笑い、指で頬をかいた。

……どうも葵の様子がおかしい。先ほどまであんなに乗り気だったのに、急に遠慮するなんて。

「どうして？　わけを聞かせてよ」

「私と雄也くんの関係って職場でも内緒ですよね？　私が旅行に行ったら、注目の的になって迷惑をかけてしまいます。最悪、一緒に暮らしていることがバレてしまうかも……」

やはり気になるのはそこか。

最近の葵は少しずつ俺に遠慮しなくなってきたと思ったが、大きなお願いはまだ気が引けるらしい。

あんなに喜んでいる葵の姿を見た後だ。今さらキャンセルなんて受け入れられるかよ。

葵がなんと言おうと、俺は旅行に連れて行くぞ。

「そんなの気にしなくていい。親戚の子だって紹介するから」

「でも、バレるリスクが高まるじゃないですか。私、雄也くんに迷惑をかけるの、嫌なんです」

「……なあ、葵。俺は葵と同居してから、君に迷惑をかけられたなんて思ったことは一度もない。むしろ毎日が楽しいし、二人暮らしを始めてよかったと思っている」

「雄也くん……」

「だから、遠慮なんてするな。もっと葵のやりたいことをやっていいし、言いたいことを言っていい。葵の幸せが俺の幸せなんだから。ね？」

「私の幸せが雄也くんの幸せ……考えたこともなかったです。役に立ちたいとか、そういうことばかり考えていて……二人で幸せにならないと意味ないですよね。私、ばかでした」

そう言って、葵は笑った。

「雄也くんは優しい人だから、私との生活に不満があっても言いません。だからこそ……少しだけ不安になってしまいました。すみません」

「不満なんてない。逆だよ。これからも葵と一緒に暮らしたいって思っているくらいだ」

「これからも一緒にって……きゅ、急に恥ずかしいことを言わないでください。ばか」

顔を赤くした葵は、照れ隠しに俺の腕をぺしっと叩いた。

好きって気持ちが先走って、変なことを言ってしまったかも……いかん。今のセリフ、解釈によってはプロポーズだぞ？

「へ、変なこと言って悪かった。それで、あらためて誘いたいんだけど……葵。俺と社員旅行に参加してほしい」

「その……本当に行ってもいいんですか？」

「ああ。俺は葵と一緒に行きたいんだ」

「では、お言葉に甘えて……私、旅行に行きたいです！」

「よしきた。他に何かリクエストがあれば聞くよ。言ってごらん？」

聞いてみたものの、さすがにいきなり無遠慮にはならないか。

そう思ったが、葵は何か言いたそうにもごもごと口を動かした。

「その……旅行中、二人きりの時間も作ってほしいです……だめ？」

葵は上目づかいでおねだりしてきた。でたよ、この無自覚の甘え上手さんめ。あまりの可愛さにくらっとくるわ。

そんな甘々なお願いをされたら、断るわけにもいかない。

「わかった。自由時間があるから、その時間は葵と二人きりで過ごそう」

「ほ、本当にいいんですか？」

「もちろんだよ」

「あの、あの。じゃあ、もう一つだけいいですか？」

「お、調子でてきたな。いいよ、何でも言って？」

「デートがしたいです。ラブラブで大人っぽい素敵なデート……がいいです」

なんとも抽象的なお願いだった。そりゃそうだ。まだ温泉旅行に行くとしか言っていない。具体的な案が出てくるはずもなかった。

それでも俺は力強く答えた。

「ラブラブで大人っぽい素敵なデートね。わかった。考えとく」

「お願いします……ふふっ、楽しみです」

葵は笑顔を取り戻し、再び鼻歌を歌いながら冷蔵庫を開けた。

さて。これから忙しくなるぞ。

ちゃんと下準備して、葵と『ラブラブで大人っぽい素敵なデート』を成功させるんだ。

それともう一つ……今回の旅行で、葵の心の中にある不安も取り除いてあげたい。

だいぶ改善はされているようだけど、葵はまだ俺に少し遠慮している節がある。

葵の居場所は俺と暮らすこの部屋なんだよって。だから、安心してワガママを言っていいんだよって。そう思ってもらいたい。

何をすれば葵の不安が和らぐのか……俺の中でもう答えは出ていた。

旅行デートで、葵に好きって気持ちを伝えよう。

「……きっと喜んでくれるよな？」

葵に聞こえないように、小さな声でそうつぶやいた。

◆

社員旅行の申し込みも無事に済んだ週末。

時刻は十三時。俺は葵を見送るために玄関にいる。彼女は今日、瑠美と一緒に買い物に出かけるらしい。

「では、行ってきます」

「うん。気をつけてね……その服、よく似合ってるよ」

もこもこの白いセーターに、淡いピンクのロングスカート姿だった。シンプルだけど、とても可愛いと思う。

「そ、そうですか。ありがとうございます」

葵はスカートをきゅっと持ち、恥ずかしそうに礼を言った。その照れた仕草が可愛いんだよなぁ、俺の同居人は。

心の中で惚気つつ、葵を見送った。

玄関のドアが音を立てて閉まる。俺は部屋に戻ってスマホを手に取った。

「ふぅ……緊張するな」

スマホの電話帳を開き、涼子おばさんのページを開く。

オーストラリアと日本の時差は約一時間。あっちもまだ昼間だ。今電話しても迷惑にはならないだろう。

この通話を葵に聞かれるわけにはいかない。だから、葵が出かけたこのタイミングで電話しようと思ったのだ。

「すーはー……よし」

一度深呼吸してから画面をタップする。

数回のコール音の後、涼子おばさんは電話をとった。

『やっほー、雄也くん。元気かしら？』

明るい声がスマホ越しに聞こえる。今までも何度か近況報告の電話をしているが、今日も元気そうで何よりだ。

「はい。俺も葵も相変わらずですよ」

『そう。葵は学校でもお友達と上手くやっているかしら？　えっと、瑠美ちゃんだっけ？』

「ええ。今日もその瑠美ちゃんと買い物に出かけています」

『あらあら。じゃあ、雄也くんは寂しく留守番ねぇ。かわいそう』

「あはは。かわいそうって……あ、そうだ。この前、葵の授業参観に出席したんですけど——」

『授業参観ッッッ!?』

「うわっ！　び、びっくりしたぁ……」

いきなり大声を出さないでほしい。耳キーンってなるから。

『ご、ごめんなさい。でも、びっくりしたのはこっちよぉ。まさか雄也くんが授業参観まで参加してくれるとは思わなかったから』

「学校での葵の様子、俺も知りたかったんです。クラスメイトと交流しているところは、うちでは見られませんから」

『雄也くん……本当にありがとねぇ。それで？　学校での葵、どうだった？』

「みんなと笑顔で楽しそうにおしゃべりしていました。学校にも馴染めているみたいです」

『ほんと？』

「ええ。あと授業もばっちりでした。古文の現代語訳もすらすら訳せていて……勉強も頑張っているみたいです」

『そう……はぁー、安心した！』

「涼子おばさん？」

『ほら。あの子は人に気をつかったりするし、自己主張が得意じゃないでしょ？　クラスの輪に馴染めていなかったら、どうしようかと思っていたのよぉ。それに……私は仕事が忙しくて、ずっと授業参観に行ってあげられなかったからね。葵の学校での様子をこの目で見たことがなくて……でも、雄也くんの話を聞いて安心したわ』

涼子おばさんは『本当によかったぁ』と何度も口にした。その声音は優しくて、葵を心配していたことが伝わってくる。

そっか……涼子おばさんは多忙だから、授業参観のような学校行事には縁がないって葵も言っていたっけ。

涼子おばさんも授業参観に出席したかったに決まっている。同居人の俺ですら気になったんだから、母親の心配はそれ以上だろう。

今後もちゃんと電話して、葵のことを報告しよう。それが葵を預かった俺の責務だ。

……と、近況報告もほどほどにしておこう。

そろそろ本題に入らなくてはならない。今日は近況報告以上に大事な話があるのだから。

「あの、涼子おばさん。今日は大事なご相談があって電話したんです」

『あらあら。何かしらー？　私なんかが力になれる話ならいいんだけど』

力になれるどころか、むしろ涼子おばさんにしか相談できないことだ。

緊張しつつ、ゆっくりと口を開く。

「涼子おばさん。実は俺、葵を社員旅行に誘ったんですが、そこで――」

俺は、しっかりと自分の意思を伝えた。

◆

週明けの月曜日。

俺は定時退社すべく、仕事鞄を手に持った。

「お疲れ様です。お先に失礼します」

まだ仕事中の同僚に挨拶し、席を立つ。

すると、千鶴さんがこちらを見てニヤニヤしていることに気がついた。

「雄也くん。今日は帰りが特別に早いね。もしかして、愛する彼女の誕生日かい？」

「いや付き合ってないし……いえ。このあと、ちょっと一人で買い物に行こうかと」

「なんだと？」

先ほどまで俺をからかう気満々だった千鶴さんだが、急に眉間(みけん)に皺(しわ)を寄せた。

「買い物をする時間があるなら、私と飲んでくれてもいいじゃないか。こっちは遠慮しているのに。ずるいぞ」

「ずるいって駄々(だだ)っ子(こ)みたいに言わんでも……すみません。葵に送るプレゼントを買いたいので、今日はちょっと……」

「やだ。今日がいい。私も一緒に行く。そのあと飲もう？」

「やだ、じゃないですよ。アラサーが何かわい子ぶってるんですか」

「は？ 砂浜(すなはま)に埋(う)めるぞ？」

千鶴さんの目から光が失せ、闇に染まっていく。しまった。また地雷を踏んじゃったよ。

「あの、今日はマジで勘弁してください。千鶴さんがそばにいたら、プレゼント買うの恥ずかしいじゃないですか」

「ぐぬぬっ……では、君が買い物を終えたら合流するよ！　それならいいだろう⁉　な、頼む！　一人は寂しい！　誰かと酒が飲みたいんだ！」

「いや必死か！　オフィスのド真ん中で酒が飲みたいとか叫ばないでください！」

「あの、千鶴さん。お話し中すみません」

ツッコミを入れたタイミングで、後輩社員の伊東くんが千鶴さんに声をかけた。

「うむ。なんだろうか？」

「昨日任された仕事の件でわからない箇所があるので、教えていただいてもいいですか？」

「千鶴さん、忙しそうですね。じゃあ、俺はお先に失礼します」

「あっ、雄也くん！　逃げるなんてずるいぞ！」

千鶴さんの恨めしい声を無視して、俺は二人に背を向けた。

「うぬぬ、雄也くんめ……そうだ。伊東くん、今日はこのあと空いているかな？」

「へっ？　はい、特に用事はないですけど……」

「でかした！　では、私と飲みに行こう！　おごってやる！」

「え、いいんですか？　ふへへ、ありがとうございます！」

伊東くんは鼻の下を伸ばして礼を言った。

美人な上司からの誘いに舞い上がる気持ちはわかるが、君はまだ知らない。この人の本性が、お酒が大好きな地雷女だということを。

「千鶴さんと初めて飲む人はびっくりするだろうな……頑張れ、伊東くん……！」

彼の武運を祈りつつ、ビルを出た。

まだ少し明るい街を歩きながら考える。

葵に渡すプレゼントを選ぶの、緊張するな……でも、ちゃんと気持ちを込めて渡せば、葵は喜んでくれるはず。今から渡すのが楽しみだ。

そこまで考えて、浮かれている自分に気づく。

くたびれた社会人だった頃の俺は、こんなにも幸せな気持ちになったことはなかった。

……葵を好きになってよかったな。

可愛い同居人の顔を思い浮かべながら、駅へと急いだ。

◆

あっという間に月日は流れ、旅行当日を迎えた。

俺と葵は現地の駅に向かうため、新幹線で移動中だ。

「雄也くん。あと少しで着きますよ。降りる準備をしてください」

葵は先ほどからそわそわしている。まるで遠足に向かう子どもみたいで微笑ましい。

「ははっ。なんだか張り切ってるね」

「い、いけませんか？　旅行が楽しみなのは、雄也くんのせいですからね」

ぷくーっと頬をふくらませて抗議する葵。その風船みたいな顔、可愛すぎでしょ。

列車は徐々に速度を落としていき、やがて停車を知らせるアナウンスが流れる。

「着きましたよ、雄也くん」

「ああ。行こう」

荷物を持って列車を降り、改札を出る。

駅前に向かうと、すでに何名か社員がいた。その中には小さい子供を連れている女性が一人いる。他にも見慣れない人がいるので、家族連れの社員が数名いるのだろう。

「葵。わかってると思うけど……」

「大丈夫です。姪っ子という設定で押し通すんですよね？」

「うん……その、窮屈な思いをさせてごめん。本当は普通に紹介したいんだけど……」

「そんな、気にしないでください。旅行に参加できるだけでも嬉しいです。というか、逆に姪っ子で押し通せることにびっくりですよ」

「それは千鶴さんのおかげだ。総務部の親しい人に声をかけて、参加できるようにしてもらったらしい。いい意味で緩い会社でしょ？」

「はい。だらしない雄也くんにぴったりの会社です」

「それどういう意味⁉」

「ふふっ、冗談です。だらしなくなんてありません。今はもう、しっかり者の頼れる雄也くんです」

葵はくすくすと楽しそうに笑った。

何気ない会話だったけど、嬉しくて胸の内側がくすぐったくなる。

そっか……俺、葵にもしっかり者だって思ってもらえるくらい成長できたのかも。

「雄也くん、どうかしましたか？　おトイレならバスに乗る前に済ませてくださいね？」

「修学旅行の引率の先生みたいなこと言うなよ……」

苦笑しつつ、俺たちはみんなのもとへ行き、挨拶をした。

「おはようございます」

みんなの視線が一斉にこちらへ向く。もちろん、注目されているのは俺ではない。葵のほうだ。

「あれ？　雄也くん。そちらの女の子はどなた？」

飯塚さんが不思議そうに尋ねる。

「葵。挨拶してくれる？」

「はい。みなさん、はじめまして。白鳥葵と申します。雄也くんの姪っ子です。今回は私が雄也くんにワガママを言い、旅行に連れてきてもらいました。みなさん、どうぞよろしくお願いいたします」

葵は打ち合わせどおりに挨拶をして、ぺこりと頭を下げた。

みんなは穏やかな笑みを浮かべて「よろしく」と返してくれた。注目はされたが、ひとまず歓迎してもらえたらしい。

飯塚さんは得心したようにぽんと手を打った。

「おおー。毎年旅行に不参加だった雄也くんが参加したのは、葵ちゃんの功績だったのか」

「そうなんですよ。葵が行きたいって駄々こねて……いでっ！」

ふくれっ面の葵は俺の脇腹をむぎゅっと摘まんだ。こらこら。話を合わせないと怪しまれるんだから仕方ないだろう。

「へえー！　雄也くんにこんな可愛い姪っ子がいたんだー！」

女性社員の一人がそう言うと、他の女性社員たちも「可愛い！」「若い！」「肌もちもち～」と盛り上がり、あっという間に葵を囲んでしまった。

「葵ちゃんは高校生かな？」

「は、はい。二年生です」

「二年生⁉ めっちゃ若いじゃん！ くぅ～、お姉さんたちには眩しいぜ！」

「そ、そうです……？」

「高校生か～。じゃあ、今が一番楽しい時期だね。好きな子いるの？」

「ふえっ⁉ あ、あの、それは……」

「おっ、その反応はいるな？ よ～し、行きのバスで根掘り葉掘り聞いちゃお！」

「ゆ、雄也くん……！」

困り果て、こちらを見る葵。顔に「タスケテ」と書いてある。

俺は「すみません！」と声をかけ、みんなの注意を引いた。

「歓迎していただいて嬉しいんですけど、少し手加減してあげてください。葵は大人しい性格なので、グイグイ来られるの苦手なんです」

助け船を出すと、飯塚さんが「みなさ～ん。葵ちゃんを困らせちゃ駄目ですよ～？」と空気を読んで加勢してくれた。

「質問タイムの続きはバスの中でしましょう。あとでゆっくりお話ししようね、葵ちゃん」

「は、はい。お手柔らかにお願いします」

飯塚さんにフォローされ、葵は胸をなでおろした。いきなり大人に囲まれて質問攻めにあったら、そりゃテンパるよな。

「ささっ、葵ちゃん。こっちにおいで？　お姉さんたちも自己紹介したいからさ」

飯塚さんは葵を手招きして、会話の輪の中に入れてくれた。よかった。常識人の飯塚さんに任せておけば安心だ。

少し離れたところから葵の様子をうかがう。彼女はすでに落ち着きを取り戻したらしく、普通に受け答えができている。一時はどうなることかと思ったけど、葵がみんなと馴染めたようでよかった。

しばらくして、送迎バスが到着した。事前に聞いた話だと、このバスに乗って旅館まで移動することになっている。

俺たちは送迎バスに乗り込んだ。

バスの席順は予め決められている。俺の隣は葵だ。

後ろのほうで葵と並んで座っていると、飯塚さんが呆れた顔でやってきた。

「どうしました？　飯塚さん、こっちの席じゃないですよね？」

たしか前のほうで、千鶴さんの隣だったはずだ。

「それがさ……前の席の子たちが、葵ちゃんとお話ししたいってきかなくてさ。もし葵ちゃんさえよかったらなんだけど……私の隣の席に来ない？」

「それは葵と千鶴さんを席替えする……ってことですか？」

「うん。もちろん、私がそばにいるから、葵ちゃんが困らないようにフォローするよ。葵ちゃん。どうかな？」

飯塚さんは申し訳なさそうに言った。飯塚さんも先ほどの葵の反応を見ているから、この話にあまり乗り気ではないのだろう。

おそらく、葵も席替えはしたくないと思うけど……。

「私はかまいませんよ」

予想に反して、葵は笑顔で快諾した。

「え……葵、大丈夫なの？」

「はい。雄也くんの仕事ぶりを聞ける絶好の機会です。これを逃す手はありません」

何故か葵は目をキラキラさせている。

そんなに期待されても困るけど……まぁ俺が学校での葵の様子が気になるのと同じか。

興味があるなら止める理由もないし、飯塚さんの隣なら大丈夫だろう。

「飯塚さん。葵のこと、よろしくお願いします」

「任せて、雄也くん……本当にありがとね、葵ちゃん。迷惑かけちゃうかわりに、雄也くんの恥ずかしい失敗話をいっぱい教えてあげるから」

「その交換条件おかしくないですか⁉」

どうして俺が辱めを受けないといけないんだよ。理不尽だぞ。

抗議する暇もなく、飯塚さんと葵は前のほうへ行ってしまった。この職場の先輩女子たち、俺をイジることに楽しみを見出しすぎだろ。

不満に思っていると、すぐに千鶴さんが俺の隣に移動してきた。

「やあ。雄也くん。葵ちゃん、みんなに受け入れられたようだね。よかったじゃないか」

「はい……その節はアドバイスありがとうございました。それと総務部の方にもよろしくお伝えください」

「気にしないでくれ。今度、私と一緒に飲みに行ってくれれば、それでいい」

千鶴さんはむすっとした顔でそう言った。あ、前に飲みの誘いを断ったこと、まだ根に持っているのね……。

「わかりました。来週あたり行きましょう」

「本当だな？　絶対だぞ？」

「約束します……ところで、伊東くんとのサシ飲み、どうだったんですか？」

「楽しい時間を過ごさせてもらったよ。ただ、彼は疲れた顔をしていたな。私としたことが、部下に仕事で過度な負担をかけていたのかもしれないね」

それ、たぶん違うよ。千鶴さんの常軌を逸した飲みっぷりにドン引きしただけでしょ。

曖昧に笑いつつ、ちらりと前の座席を見た。葵は飯塚さんの隣で楽しそうにおしゃべりしている。

「ふふっ。葵ちゃんが気になるかい？」

「はい。会話に疲れてしまわないか心配で……でも、飯塚さんの隣だし大丈夫そうですね」

「そうだな。彼女は君と同じく気遣いのできる人だ。私のことを『姉御』と呼ぶユーモアな一面もある。葵ちゃんも適度にリラックスできるだろう」

千鶴さんは「ところで」と話題を変えた。

「雄也くん。自由時間の間、葵ちゃんはどうするつもりだい？」

チェックインをした後、旅館の夕食まで自由時間が存在する。

その夕食も、事前に申請しておけば、キャンセルして他所で食べることも可能だ。言ってしまえば、この旅行は基本的に自由である。

「自由時間は葵と二人で過ごすつもりです。約束したので」

「ほう。惚気てくれるじゃないか。夕食は旅館かな？」

「はい。たしか、宴会場ですよね？　先日のお詫びも兼ねて、千鶴さんのお相手もさせていただきます」

「ふふっ、楽しみにしているよ……あ、そうだ。酒に付き合ってもらう礼というわけではないが、私も君たち二人にささやかなサプライズを仕掛けようと思っていてね」

「えっ……サ、サプライズ？　千鶴さんがですか？」

どうしよう。不安しかない。

というか、サプライズを仕掛けるって本人の前で言っちゃ駄目でしょ。もう驚けないし、旅行中ずっと不安なんですけど。

「雄也くん。一発を期待していてくれ」

「なんか『一発』って言い方が怖いな……何するつもりですか？」

「安心したまえ。私は一発を演出するに過ぎない。一発をかますのは君だ」

「余計に怖いよ⁉」

いったい何をやらされるのだろう。旅行中、千鶴さんの挙動には要注意だ。

怯えていると、バスが発車した。

窓の外からはビーチが見える。夏はとっくに過ぎたので人は少ないが、浜辺を歩いている人はちらほらいる。観光名所であるため、写真を撮りに来る人が多いらしい。

雲一つない快晴だ。降り注ぐ秋の陽光が水面を煌めかせている。その美しい光景に目を奪われているうちに、バスは少しずつ坂を上がっていった。次第に俺の気持ちも高揚していく。

せっかく旅行に来たんだ。葵を楽しませるのはもちろんだけど、俺自身もめいっぱい楽しもう。

「天気良好。絶好の旅行日和ですね、千鶴さん」

「ああ。そして絶好の酒日和でもある」

「それはあなただけでしょ。天気関係なく飲んでるくせに」

「ははっ、違いない」

俺たちは笑い合い、しばし窓の外を眺めた。

◆

しばらくして、温泉旅館に到着した。

旅館は長い坂の上にあった。周りは温泉街で、そこから少し離れると自然が広がっている。今夜は美しい星空が見られそうだ。

　この旅館は県内でも屈指の人気を誇る。旅館の広さ、サービスの良さ、食事の美味さ、そして温泉の効能。どこを切り取っても、利用客から高評価を得ているようだ。

　チェックインをした後は自由時間となった。

　俺は旅館を出て、葵と合流した。

「おひさしぶりです、雄也くん」

「あはは、ひさしぶり。車内では質問攻めされなかった？」

「はい。飯塚さんが親切にしてくださったおかげです。それに、雄也くんのお話も聞けて楽しかったです」

「……飯塚さんに何て言われたの？」

「ひみつです……ふふっ。すみません。思い出し笑いです」

　思い出し笑いって……飯塚さんめ。いったいどんな話をしたんだ？

「まぁ楽しかったようで何よりだよ……バスでの移動、疲れてない？　どこかで休む？」

「いえ。自由時間は夕食までと聞いています。休んでいる暇はありませんよ？」

　葵は「早く出発しましょう！」と俺を急かした。

　今のセリフ、「休んでいたら二人きりの時間が減っちゃいます！　そんなのやだやだ！」

にしか聞こえないんだが……無自覚に惚気る葵、可愛すぎか。

「ところで、これからどこに向かうんですか？　やはり駅でしょうか」

「ううん。ここから徒歩五分くらいの場所」

「この付近……温泉でしょうか？」

「いや。温泉は旅館にあるから、デートプランに入れなかったんだ」

「なるほど。では、いったいどこに……？」

「あはは。それは着いてからのお楽しみだ」

内緒にして、葵と一緒に目的地に向かって歩く。

緩やかな坂道を進むと、料亭や茶屋が見えてきた。酒屋もある。きっと美味い地酒がおいてあるに違いない。ふと千鶴さんの喜ぶ顔が脳裏に浮かび、笑いそうになった。

少し奥には足湯がある。浸かれば日頃の疲れも取れるだろうが、自由時間は限られている。足湯に浸かりたい気持ちをぐっとこらえ、すたすたと通り過ぎる。

しばらく歩くと、広い道路に出た。

そこを右に曲がり、お目当ての店の前で足を止める。

「ここは……レンタカーショップ？」

葵は立ち止まり、目を丸くして店を眺めた。

店前の黄色い看板に『爆走レンタカー・ジョニー』と書かれている。

敷地内には多くの自動車が整然と並んでいる。車種は様々だが、俺が利用するのは街乗り用のコンパクトカーだ。

「すごいです。雄也くん、運転できたんですね」

「免許は大学時代に取ったんだ。今でも実家に帰ったときは運転するんだよ」

「じゃあ、今日のデートは……」

「うん。ドライブしよう。このあたりは海がすごく綺麗だ」

「海辺をドライブ……とっても素敵です！」

葵は目を輝かせてそう言った。

大人っぽいデートというリクエストだったから、ドライブにしてみたんだけど……葵が喜んでいるみたいでよかった。

海を眺めながらドライブなんて、高校生同士のデートではなかなか体験できないと思う。

今日は葵をめいっぱい楽しませてあげよう。

「さ、中に入ろっか。レンタカーは事前に予約してあるんだ」

「はい、行きましょう！　レンタカー屋さんに入るの、初めてです！」

はしゃぐ葵を連れてレンタカーショップに入る。

俺は従業員に予約していた旨を伝え、レンタカーを手配してもらった。青いカラーの乗用車で、二人で乗るには少し大きめだ。

従業員から一通り説明を受け、手続きをし、車の状態を一緒に確認する。

これで準備は整った。

俺は「どうぞ」と言って助手席のドアを開けた。葵が座ったのを見届けて、反対側から乗車して運転席に座る。

「シートベルトは締めたね？　よし、出発だ！」

ゆっくりとアクセルを踏み、車を発進させた。

見晴らしのいい田舎道を車が走る。

遠くにはラムネ色の海が広がっていた。葵は開いた窓から外を眺め、美しい海に釘付けになっている。

「雄也くん。海が綺麗ですよ」

「ははは。行きのバスで見たのと同じ海だよ？」

「いえ。雄也くんの運転する車の助手席から見る景色は、なんだか特別な気がします」

「特別……そういうものかな」

「はい。私、ワガママを言ってよかったです」

葵の照れくさそうな笑顔を見て、胸がとくんと高鳴る。

ワガママを言ってよかった、か。

その一言が聞けて、すごく嬉しい。

「葵。遠慮なんてしなくていいんだ。少しずつでも構わないからさ。いつかその『ワガママ』が当たり前になってくれると、俺はすごく幸せだよ」

気持ちを伝えると、葵は俺から恥ずかしそうに視線をそらし、前を向いた。

信号の色が赤に変わる。俺は静かにブレーキを踏んだ。

「……雄也くんは本当に不思議な人です。私の心を勝手に覗き込んで、願いを叶えてくれるんですから」

「勝手にって……ま、まぁ誘い方はちょっと強引だったかもな」

「……そういうところが、好きなんです」

葵は顔を赤くして、ちらりと俺のほうを見た。さっきまで子どものようにはしゃいでいた葵だったが、今ではとても大人びて見える。

俺も葵が好きだ、と言い返したかった。

でも、告白するにはまだ早い。もっとムードのあるときに、きちんと気持ちを伝えようと思う。

ドキドキしながら見つめ合っていると、後ろでクラクションが鳴った。慌てて正面を見ると、信号が青に変わっている。

「す、すみません！」

後ろのドライバーに聞こえるはずもないのに、反射的に謝ってから車を発進させる。

「ふふっ。運転中によそ見しちゃ駄目ですよ？」

葵は楽しそうに肩を揺らして笑った。その頬はまだ少し赤い。

なんだか気恥ずかしくなり、俺も照れを隠すように軽口で返す。

「よく言うよ。葵が俺のことを見つめてきたからでしょ」

「み、見つめてなんかいません。ばか」

葵は唇をつん、と尖らせた。拗ねる葵、マジ天使。

「ところで雄也くん。ドライブの目的地はどこなんですか？」

「それなんだけど、先に食事にしよう。レストランを予約してあるんだ」

「わかりました……ドライブデート、楽しいですね」

「まだ始まったばかりだぞ？　お楽しみはこれからだ」

「ふふっ。いいんですか？　期待しちゃいますからね？」

「もちろんだとも」

窓の外から心地よい秋風が舞い込んだ。

葵の絹糸のように細い髪がふわりとなびく。

彼女の無邪気な笑顔が、太陽に負けないくらい眩しく見えた。

◆

ドライブデートは順調だった。

助手席の葵はバスでの出来事を楽しそうに話している。

「それで、前の席の方に『一緒に旅行に来るなんて、雄也くんのこと好きなんだね？』と微妙な質問をされてしまい……」

「回答に困るな、それ。大丈夫だった？」

「『はい。素敵な親戚のお兄さんです』と無難に返しました」

「お、やるじゃん」

「他にも『雄也くんは普段どんな感じで姪っ子に接するの？』と聞かれて……なんだか雄也くんの自慢をしているみたいで恥ずかしかったです」

「自慢って……何て言ったんだ？」

「内緒です」

「気になるじゃん。教えてよ」

「駄目です。恥ずかしいもん」

葵の惚気話（なお、本人は惚気ている自覚はない模様）を聞きながら運転すること二十分。目的地のレストランに到着した。

駐車場に車を停めて、中に入る。

内装は白で統一されているオシャレなレストランだった。窓からは空と海が望める。夜になれば、星が瞬く夜景が見えるだろう。

今は昼間だ。間接照明に照らされた店内は、夜とは違ったムードがある。

俺と葵の姿を確認した従業員が、笑顔でこちらにやってきた。

「いらっしゃいませ」

「こんにちは。予約した天江です」

「二名でご予約の天江様ですね。お待ちしておりました。窓側の席にどうぞ」

案内された席に腰を下ろすと、葵が興奮気味に話しかけてきた。

「すごくオシャレなお店ですね」

「ああ。こういうところで食事をするのもたまにはいいでしょ？」

「はい。なんだか大人になった気分です」

「あはは。あまりはしゃぐと、大人のレディーに見えないぞ？」

「むぅ。意地悪なこと言わないでください……あっ」

葵の声が途端に小さくなる。

「雄也くん、お財布は大丈夫ですか？　高級そうなお店ですし……もしかして私、ワガママを言い過ぎたかもしれません。ど、どうしましょう……」

おろおろする葵が面白くて、おもわず笑ってしまった。ランチ代が払えなかったらデートなんてできないだろう。

「ゆ、雄也くん？　何か可笑しかったですか？」

「うん。食い逃げする葵の姿を想像したら笑えた」

「食い逃げ!?　や、やっぱりお金なかったんですかぁ……！」

「あはは、冗談だよ。ランチ代くらい払えるから心配しなくていい。食べたいもの食べて？」

「そ、そうですか……って、からかいましたね？　意地悪です」

「ごめんよ。葵の反応が可愛くて、つい」

拗ねる葵に謝っていると、従業員が水とおしぼり、メニューを持ってきてくれた。

「ご注文が決まりましたら、お申し付けくださいませ」

そう言い残し、従業員はテーブルから離れていった。

葵はメニューを見て悩んでいる。

「雄也くん。これはなんですか？」

葵が指さしたのは「豚肉のラグー・リガトーニ」というパスタだった。

「ラグーは煮込むって意味だから『煮込んだ豚肉』だな。リガトーニはショートパスタのこと。ちょっと違うけど、ペンネに似ているんだ」

「へえ……詳しいですね。よくこういうオシャレなお店に来るんですか？」

「いや、滅多に来ないよ。会社の同僚と食事に行くときは居酒屋が多いし」

正直なところ、俺も最近まで知らなかった。こういうオシャレな店には、どんなメニューがあるのかを調べていくうちに身についた知識である。かっこつけて答えたのは、男のつまらない意地だった。

「私、この『豚肉のラグー・リガトーニ』にします」

「わかった……ウェイターさん。注文お願いします」

従業員を呼び、オーダーを伝える。

ちなみに俺はリゾットとサーロインを注文した。この店のリゾットは黒トリュフとパルミジャーノ・レッジャーノというチーズが使われていて、人気のメニューなのだとか。サーロインは葵とシェアして食べられるかな、と思って選んでみた。

葵と会話しながら待つこと十五分。待望の料理が運ばれてきた。

「これがリガトーニ……美味しそうです」

葵の目の前には、リガトーニに加えて、大振りにカットして煮込んだ豚肉が添えられている。見た感じ、ボロネーゼに近く、濃厚そうなソースが肉とパスタに和えてある。とても美味しそうだ。

俺が注文した料理もテーブルに並んでいる。チーズリゾットにはスライスされた黒トリュフがまぶしてある。サーロインはすでにカットされており、それらの断面はわずかに赤い。こちらも美味しそうだ。

「いただきます」

葵はフォークでリガトーニを刺し、口に運んだ。

「おいしい……っ！」

料理に感動した葵は、続けてもう一口食べた。

「ん～っ！　舌がとろけちゃいます！　よかったら、雄也くんも食べてみてください！」

「じゃあ、お言葉に甘えて……おおっ。めちゃくちゃ美味いな、これ」

初めて食べたが、リガトーニは太めでもっちりした食感だった。その食感に負けない、味の濃いトマト系のソースがよく馴染んでいる。口内にトマトの風味がふわっと広がり、舌を包み込んでいく。

豚肉は一度噛むと、ほろっと肉が崩れた。非常に柔らかく、口の中で溶けていく。

世の中には、こんなに美味しいパスタが存在したのか……手前味噌だが、予約した俺、グッジョブ。

「雄也くん……美味しすぎて、一日四食これでもいいです」

「四食も⁉」

さりげなく夜食もカウントされていた。それだけ飽きずに食べられるという意味の褒め言葉なのだろう。

「そんなに食べたら体によくないでしょ……ねえ、葵。サーロインなんだけど、一口サイズに切ってあるから一緒に食べない？」

「いいんですか？」

「うん。葵とシェアしたくて頼んだんだ」

「ありがとうございます。では、いただきますね」

俺と葵は脂の滴るサーロインを頬張る。

「……これもすごく美味いな」

口に入れた瞬間、肉の香りが広がった。噛めば噛むほど肉の味がする。柔らかくてジューシーな味わいだ。

「葵。味はどう？」

「最高です。肉が口の中で蕩けてすごいです」

葵は幸せそうな笑みを浮かべてそう言った。どうやら満足してもらえたらしい。いろいろ悩んだけど、少しお高めのレストランに連れてきて正解だったみたいだ。

デートの第一段階が成功したところで、少し肩の荷が下りた気がした。

でも、葵を楽しませて終わりじゃない。

旅行の一番の目的は、俺の気持ちを伝えることなのだから。

俺たちは「美味しいね」と感想を言い合いながら、食事をぺろっと平らげた。いやー、リゾットも絶品だった。いつかまた、葵と二人でこの店に来よう。

「ごちそうさまでした。美味しかったですね、雄也くん」

「そうだね……葵、まだ食べられそう？　このあとデザート食べない？」

「デザートですか？　食べたいです！」

「じゃあ注文しようか……ウェイターさん、すみません」

緊張しつつ、従業員を呼んで耳打ちをした。

その後、従業員が厨房に去っていくのを見て、葵は不思議そうに首を傾げる。

「雄也くん。ウェイターさん、注文を聞かずにどこかに行ってしまいました」

「うん。ちょっとね」

「ちょっと……?」

疑問符を浮かべる葵をよそに、従業員が窓のカーテンを閉め始めた。間接照明の淡い光が、俺たちのテーブルを優しく照らす。

「え？　な、なんですか?」

急に店内のムードが変わり、葵は驚いている。その様子を見て、俺は心の中でガッツポーズをした。

あくまで食事はサブイベント。メインは今から始まるサプライズだ。

従業員がワゴンを引いてこちらにやってきた。ワゴンの上には、苺のショートケーキが載っている。

「お待たせしました。ご予約いただいた、お祝いのケーキでございます。それでは、お二人の時間をどうぞお楽しみくださいませ」

そう言って、従業員はテーブルの上にケーキを載せて去っていった。

プレートの上には、チョコで英字が書かれている。

「あっ……！」

英字を読んだ葵の目が大きく見開く。

筆記体で書かれているのは、『I'm in love with you.』の文字。日本語に訳すと「あなたに恋をしています」の意味になる。

苺のショートケーキの上に、ビスケットがちょこんと載っている。それには「大好きです」と、シンプルなメッセージが書かれている。俺が考えたメッセージだ。

「こ、これは……？」

「俺からのサプライズ……葵。俺の気持ちを聞いてほしい」

心臓がばくばくと強く脈打っている。体が熱い。鼓膜の裏側で自分の呼吸音がやけに大きく聞こえる。

俺は葵の目を真っ直ぐ見つめた。

「葵と暮らすようになって、どんどん君に惹かれていった。遠慮がちに甘えてくるところも、可愛らしい笑顔も、一緒に食卓を囲む時間も、全部大好きで……気づけば、葵に恋をしていた。今日はその気持ちを言葉にして伝えたい」

目を丸くして俺を見つめる葵に、俺は言った。

「葵のことが好きです。結婚を前提にお付き合いしてください」

告白すると、ただただ驚いていた葵の表情に変化が起きた。瞳がわずかに濡れて、頬が赤く染まっている。

「……ほ、本当に？　嘘じゃないんですか？」

「嘘でこんなこと言わないよ。俺は本気だ。葵のことが大好きで……君じゃなきゃ駄目なんだ」

「雄也くん……」

「返事、聞かせてくれないか？」

葵は震える声で「はい」と答えた。

「私も雄也くんが大好きです……至らぬ点もあるかと思いますが、よろしくお願いします」

葵のその言葉で、一気に緊張が抜けていく。

涼子おばさんに事前に電話で許可をもらったときも緊張したけど、本人に気持ちを伝えるのはそれ以上だった。

……なあ、葵。

至らぬ点があるのは俺だって同じだよ。ちょっと前までの俺はくたびれたサラリーマンで、家事もロクにできない駄目な大人だったんだから。

　でも、葵と一緒に生活して変わった。君のために変わろうと思えたんだ。

　これからも一緒に成長していこう――今度は、恋人同士として。

「ありがとう、葵……ん？　どうしたの？」

「……ひっく……ぐすっ」

「葵⁉　な、泣いてるの？」

「だって、嬉しいんです……雄也くん、私をちゃんと女の子として見てくれてるんだなって、思えたから……！」

　葵は声を詰まらせながらも、喜びの言葉を口にした。

　たしかに最初は恋愛対象として見ていなかったかもしれない。年齢差もあり、葵を守ってあげたいという庇護欲のほうが強かった。

　でも、今は違う。

　大好きなこの人の笑顔を守りたい。

　心の奥からそんな温かい気持ちが溢れてくる。

　葵は目元をハンカチで拭い、そして笑った。

「ふふふ。これからは恋人同士ですね、雄也くん」

「うん。だからってわけじゃないけど、もっと甘えていいんだよ？」

「じゃあ……お願いしてもいいですか？」

「もちろん。なんでも聞いてあげるよ」

「これからは、もっと恋人らしいことがしたいです……だめ？」

恋人らしいことがしたいって……甘えていいとは言ったけど、まさか直球でおねだりされるとは。

「わかった。何か考えておこう」

「ありがとうございます……えへへ、やりました！」

葵は口元をほころばせ、嬉しそうにガッツポーズをした。

遠慮がちな葵がこんなに喜んでくれるとはな……こっちまで嬉しくなると同時に、もっと甘やかせたいな、なんて惚気まくりの感想まで浮かんでくる。

「雄也くん。サプライズケーキの写真、撮ってもいいですか？」

「おっ、いいな。俺も撮りたい」

「どうせなら、二人で写りましょう。雄也くん、こっちに来てください！　早く、早く！」

「あはは。そんなに急がなくてもケーキはどこにも行かないぞ？」

「ふふっ、いいから来てください！」

子どもみたいに笑う葵に手を引っ張られながら、彼女の席のほうへ移動する。

写真を撮り終わると、葵は俺のスマホに写真を転送してくれた。

「よく撮れてるな。記念のツーショットになったね」

「はい。本当に……最高の記念日になりました」

葵は写真を見ながら、噛みしめるようにそう言った。

彼女に倣い、俺もスマホに映し出された写真をもう一度見る。

無邪気な笑顔の葵は、子どもの頃と変わらない、甘えんぼな葵そのものだった。

◆

「ありがとうございました。またのご来店をお待ちしております」

従業員に見送られながら、俺たちはレストランを出て駐車場に向かった。

「雄也くん。素敵な時間をありがとうございました」

「どういたしまして。どう？　今のところ、大人っぽいデートになってる？」

「はい。大満足です。花丸あげちゃいます」

人差し指で、空中に大きな花弁を描く葵。

とても楽しそうな横顔だった。普段、部屋で見せる笑顔とは少し違い、幼くて可愛らしい。

「あはは。嬉しいけど、もう満点でいいの？　デートはこれからだぞ？」

「それは楽しみです。雄也くん、次はどこへ……」

言いかけて、葵は足を止めた。

彼女の視線は、すれ違う若いカップルに向けられている。

二人は同じ赤いパーカーを着ていて、下はデニム姿だった。いわゆる『おそろいコーデ』というヤツである。

カップルは楽しそうに話しながら、俺たちの横を通り過ぎて行った。

「葵はおそろいコーデに興味あるの？」

「あ、いえ。あそこまでやるのは、ちょっぴり恥ずかしいです。でも、仲良さそうでいいなって。ああいうの、ちょっぴり憧れちゃいます」

葵はカップルの背中に羨望の眼差しを向けている。

そうか……葵はおそろいに憧れがあるのか。

葵のお願いは、できるだけ叶えてあげたい。

おそろいコーデ以外の方法で『ペアのもの』を身につけることはできないだろうか。

考えていると、ふとアイデアを閃いた。

「よし。デートプランを変更しよう。これから商店街に行かない？」

「商店街、ですか……あ、お土産ですね？」

たしかに、この駅周辺の商店街はお土産屋がずらっと並んでいる。ご当地のお土産が手に入るだろうし、買い物にはちょうどいいと思う。

だが、目的はお土産だけじゃない。

「おそろいの服が目立って恥ずかしいのなら、ペアの小物をつけないか？　お土産屋さんに行けば、何かしらあると思うんだ。葵がレストランで言っていた『恋人らしいこと』にも繋がると思うんだけど……どう？」

「雄也くん……」

葵は「どうして私のしてほしいこと、バレちゃうんだろ」と小さくこぼし、照れくさそうに笑った。

「私、雄也くんとおそろいの物がほしいです」

「よく言った。遠慮せずに言えて偉いぞ」

「もう。子ども扱いしないでください」

軽口を言っているけど、葵は笑っている。

俺、葵のその笑顔が好きなんだ。

……などと言うと、甘々な雰囲気になりすぎる。心の中で惚気るにとどめておこう。

「そうと決まれば、車で移動しよう。ドライブの続きだ」

「はい！　早く行きましょう！」

俺は、はしゃぐ葵を連れて駐車場へと向かった。

◆

「わあ……すごいですね、雄也くん。お店がいっぱい並んでいます」

駅近くの商店街の入り口で、葵は目を輝かせてそう言った。

商店街はたくさんの人で賑わっていた。中には地元の人もいるだろうが、俺たちのような観光客が多い。

「葵はどんな小物がいいとか決まってる？」

「そうですね……堂々とペア感があると恥ずかしいので、さりげなく持ち歩けるものがいいです」

さりげなく持ち歩ける、か。

なるほどな。葵の考えていることが、なんとなくわかった。

「了解。とりあえず、目についた店に入ってみようか」

「はい。では、あのお店から見てみましょう」

俺たちは近くのお土産屋に入った。

店の入り口には、ご当地のお土産が並んでいる。クッキー、まんじゅう、せんべい、ゴーフレット……どこにでも置いてある定番商品ばかりだ。

「あ、そうだ。瑠美さんにお土産買わなきゃです」

「それなら地域限定のお土産はどう？　この辺りにプリンやシュークリームの美味しいお店があるらしいよ」

「そうなんですか。瑠美さん、プリンがお好きですので、それにしようかな……」

「じゃあ、あとで寄ろう。そのプリン、カラメルシロップを自分でかけるタイプなんだけど、シロップの容器がブタなんだって。可愛らしいし、味も美味しいって評判だ。きっと瑠美ちゃんも喜ぶと思う」

「へえ……詳しいですね」

葵が驚いたように目をぱちぱちさせた。

「あ、いや。その……葵もお土産を買うかもって思ってさ。一応、下調べしておいたんだ」

お土産を買うのに歩き回ると、旅の疲れも相まってヘトヘトになってしまう。最悪の場合、足を痛めてしまうかもしれない。でも、ある程度お土産の候補を下調べしておけば、無駄に歩き回らないで済む。

そうでなくても、今日は楽しい旅行デート。葵に疲労なんて感じてほしくない。だから俺は下調べをしてきたのだ。

「……ふふっ。さすがですね、雄也くん。できる彼氏さんです。えらい、えらい」

葵は俺の頭にぽんぽんと優しく触れた。

「か、からかうなよ」

「からかっていませんよ。たまには私が頭ぽんぽんしてあげようと思って」

えへへ、と嬉しそうに笑う葵。急にデレデレされると、ドキドキしちゃうからやめてほしいんだが。

「雄也くん。他の店も見てみましょう」

「そうだね。次は向かいの店に行ってみようか」

俺たちは楽しくおしゃべりしながら、お土産屋を見て回った。購入する候補はいくつか押さえたが、葵がときめくような物は見つからない。

四件目の店で、葵がとあるお土産コーナーで立ち止まった。

「あっ、これ可愛いです！」

葵は小さなキーホルダーを手に取った。

キーホルダーはデフォルメされた黒猫の形をしている。これくらいの大きさなら、どこにつけてもよさそうだ。

「へえ。いいデザインじゃん。これにする？」

「はい。雄也くんも同じのにするんですか？」

「うーん……色違いにしようかな」

同じデザインで白猫バージョンのキーホルダーがある。俺はそれを手に取った。

「葵。これ、家の鍵につけないか？」

「家の鍵？」

「うん。鍵は普段から持ち歩くでしょ？　なんていうか……鍵を見るたびにお互いを思い出せるし、離れていても身近に葵がいる感じがして嬉しいかもって」

なかなか恥ずかしいことを言っている自覚はある。

でも、おそろいの小物を買うと決めた時点で思っていたことだった。気持ちはちゃんと伝えなきゃな。

それに、たぶん葵も同じ気持ちのはずだ。さっき「さりげなく持ち歩けるものがいい」と言っていたし。

「身近に雄也くん……たしかに、この猫ちゃんは雄也くんに似ているかもです」

「え？　に、似てるか？」

「はい。優しそうなところが、特に」

葵は黒猫のキーホルダーを愛おしそうになでた。俺には黒猫よりも葵の横顔のほうが優しく見える。

「じゃあ、これにしよっか。買ってくるよ」

「ありがとうございます、雄也くん」

「あはは。キーホルダーくらいで礼には及ばないよ」

「それだけじゃありません。ペアの小物を買おうと提案してくれたことに対する『ありがとう』です。私、またお願いが叶っちゃいました」

「そっか……よかったな」

旅行中、葵はどんどん素直になっている。感情も豊かだし、柔らかい表情も普段は見せないものばかりだ。

そのどれもが魅力的で愛おしい。

俺はますます葵のことを好きになっていく。

◆

買い物を終えた俺たちは例のプリンのお店に立ち寄った。

葵はシロップの入ったブタの容器を気に入り、購入を即決。瑠美も可愛いものが好きらしく、きっと喜ぶとはしゃいでいた。

その後のドライブでも、葵は終始ご機嫌だった。先ほどの食事の感想、学校、俺たちの思い出話……どんな話題でも、彼女は楽しそうに話してくれた。

陽が西に沈みかけ、空は赤と金色が混じり輝いている。街はすっかり茜色に染まっていた。

もうそろそろ旅館に戻らないと、夕食の時間に間に合わない。俺は寄り道せずにレンタカーショップまで車を走らせた。

「ふふーん♪　ふふん、ふふんふーん♪」

助手席に座る葵は、窓の外を見ながら鼻歌を歌っている。メロディから察するに、最近よくテレビで流れている流行の曲だ。

よほど上機嫌なのか、ぱたぱたと足を前後に動かしている。ここまでテンションの高い葵は見たことがない。

　これからは、もっと頻繁に葵を連れ出してデートに行こう。助手席ではしゃぐ葵を見て、そう思った。

「葵。そろそろ着くよ」

「えっ？　ドライブ、もう終わりですか？」

　葵は悲しそうに眉を下げた。

「そんな顔しないの。夜、また時間を作るから会おうよ」

「えっ、いいんですか？」

「ああ。もちろんだとも」

「ふふっ、仕方ありませんね。恋人の些細なワガママくらい、聞いて差しあげましょう」

　それ俺のセリフなんだけど……まぁいいか。葵、すごく楽しそうだし。ここは俺がワガママを言ったってことにしておこう。

「雄也くん」

「ん？　なに？」

「今日は本当にありがとうございました。その、まさか告白されるとは思わなかったので……私、すごく幸せです」

「俺も幸せだよ。ちゃんと気持ちを伝えられたし、一緒に過ごせてよかった」

「……今日はいっぱいワガママを言った気がします。迷惑じゃなかったですか？」

「おいおい。まだそんなこと言ってるの？」

「だ、だって……」

「迷惑なもんか。葵と過ごす時間が……毎日が、すごく楽しいんだから」

窓の外から夕日が射し込む。

葵の頬が夕焼け色に染まった。

「じゃあ……また今度、一緒にお出かけしてくれますか？　今度は、その……手を繋いでデートしてみたいです」

葵は両手の人差し指をつんつんしながらおねだりしてきた。運転中でなければ、今すぐ抱きしめたい可愛さである。

まったく。そんな可愛いワガママなら、いくらでも聞いてやるっての。

「『恋人らしいこと』第二弾ってわけだな。おっけー。またデートしよう」

「はい。楽しみです」

はにかむ葵の横顔は、守ってあげたい愛らしさがあった。

◆

旅館に戻り、宴会場にやってきた。

スマホの画面を確認する。時刻は十八時。メインイベントである夕食の時間だ。

宴会場には、すでに参加者全員が集まっている。先ほど料理と飲み物も運ばれてきた。あとは旅行を企画した幹事の挨拶を待つのみだ。

俺の正面には千鶴さん、左斜め前には飯塚さん、そして隣には葵が座っている。

千鶴さんの前には、何故か大瓶のビールが四本も置かれていた。おかしい。他の席は中瓶二本なのに……千鶴さんめ。さては総務部の知り合いに頼んだな？

なお、未成年の葵の前にはオレンジジュースの瓶が用意されている。

「雄也くん。お酒は飲めるほうなんですか？」

葵は心配そうに尋ねた。

「まあ多少はね。千鶴さんほどではないけど」

「飲み過ぎは駄目ですよ？　体によくないですから」

「あはは。宴会でも小言は言うんだね」

「当たり前です。今日は雄也くんが羽目を外しすぎないように、隣で監視させてもらいますからね」

隣で監視……それって俺のそばにいるための口実だったりして。

……などと言うと、葵が顔を赤くして怒るからやめておこう。

そもそも、今は他の社員もいる。惚気たりするのはＮＧだ。酔っ払って変なことを言わないように気をつけよう。

心の中で戒めていると、葵の前に座る飯塚さんが笑った。

「ふふっ。葵ちゃん、雄也くんのことが心配なんだね。なんだか彼女みたいで可愛い」

「へっ⁉　ち、違います。私は姪っ子です」

「あははっ！　わかってるってー。なんでそんなに怒ってるんだい？」

「べつに怒っていませんけど！　姪っ子なんです！」

葵は姪っ子を強調して抗議した。うん。逆に怪しまれるからやめようね？

事情を知っている千鶴さんをちらりと見る。口元を押さえて、笑いをこらえるようにぷるぷると震えていた。面白がってないで助けてやってほしいんですけど……。

俺が葵に助け船を出す前に、飯塚さんが話題を変えた。

「あ、そうだ姉御。私がお酌しましょう……ん？　なんで笑ってるんですか？」

「ぷくく……葵ちゃんが可愛くて、ついな」

飯塚さんは「可愛いですよねー」と相づちを打ちながら、千鶴さんのグラスにビールを注いだ。黄金の液体が泡を立てながらグラスに満ちていく。

その様子を見た葵はおろおろし始めた。

「あの、私も雄也くんのグラスにビールを……」

「女子高生がお酌なんてしないでよろしい。ほら、グラスだして」

「は、はい……」

葵のグラスにオレンジジュースを注ぎ終えると、飯塚さんがビール瓶を持って俺に声をかけてきた。

「雄也くん。特別に先輩の私がビールを注いであげよう」

「ははっ。ありがたき幸せー」

「ぬふふー。よいぞ、よいぞ」

俺たちが悪ふざけしていると、葵は「な、謎のテンションです……」と困惑した様子で言った。未成年には、酒の席ではしゃぐ大人の心境はわからないかもしれないな。

戸惑う葵に千鶴さんが微笑みかける。背後には何故か哀愁が漂っていた。

「葵ちゃん。宴会はね……会社でかっこつけてばかりの大人が、何にも考えていない悪ガキだったあの頃に戻れる、安息の地なんだよ。だから、ついはしゃいで変なテンションになってしまうものなのさ」

「千鶴さん。葵に変なこと教えないでくださいよ……」

言いたいことはわかるけど、女子高生にはまだ早いと思う。

「なるほど。宴会、深いです……」

「葵も納得しなくていい！　深くないから！」

くだらない会話を繰り広げていると、いつの間にか幹事の挨拶が始まっていた。

『――というわけで、みなさん。グラスをお持ちください』

その一言を合図に、みんなが一斉にグラスを持つ。

『それでは声たからかに！　ご唱和ください！　乾杯！』

「かんぱーい！」

グラスのぶつかる音があちこちで聞こえる。

ビールを一口、二口と飲む。苦味と喉越しが最高だ。仕事の後に飲むビールも美味いけど、こうしてみんなで飲むビールも嫌いじゃない。

「ぷはぁー！　ナマ最高っ！」

千鶴さんが空いたグラスをテーブルに置いた。一気飲みとはさすがである。

「しかし、グラスだと一杯が少ないな。あとでジョッキがないか従業員に聞いてみよう」

「ほどほどにしてくださいよ、千鶴さん。あ、そうだ。今度は俺にお酌させてください」

「雄也くん……君、葵ちゃんの目の前で私にナマをいれるつもりか？　さては見られると興奮するタイプだな？」

「エロい言い方するな！　酒を注ぐって言ってんの！」

未成年に悪影響しか与えない上司だった。飯塚さんが千鶴さんにブレーキをかけてくれることを祈るばかりである。

「千鶴さんのことは放っておこう……料理も美味しそうだね。葵もたくさん食べな？」

「はい。いただきます」

俺たちは宴会を大いに満喫した。刺身の三点盛り、牛肩ロースのすきやき、かき揚げ、いくらのぶっかけご飯、ズワイガニの茶わん蒸し……さすが有名な旅館は違う。どれも新鮮で絶品だ。

わいわい盛り上がりながら食事を楽しんでいると、

「おや？　雄也くん、全然飲んでないじゃないか」

千鶴さんがニヤニヤしながら瓶ビールを見せてきた。さすが酒豪。もう何杯も飲んでいるというのにケロッとしている。

「はい。今日は葵もいますし、酔うわけにはいきませんからね」

「ふむ……ダサいな。ダサすぎるぞ、雄也くん」

「だ、ださい？」

「飲まない理由を葵ちゃんのせいにするのかい？　それは大人としてどうなんだろうな。職場での君は、仕事の責任やミスを他人に押しつけたことはなかったはずだが？」

「仕事とお酒は関係ないと思うんですけど……」

「それに、葵ちゃんも雄也くんの飲みっぷりを見たいんじゃないか？」

「俺の飲みっぷりを……？」

そ、そういうものなのか？

今どきの高校生は、飲める大人に憧れている……？

……いやそんなわけない。落ち着け。これは千鶴さんの仕掛けた罠だ。安い挑発には乗らないようにしよう。

「と、とにかく！　俺はほどほどに飲ませてもらいます！」

「いいのかい？　葵ちゃん、雄也くんのことを嫌いになってしまうかもしれないぞ？」

「え？　き、嫌いに……？」

ショッキングな言葉とともに、雷を受けたような衝撃が体を駆け巡る。

女子高生目線だと、飲めない大人はかっこ悪いのだろうか。

……わからない。

でも、葵は大人らしいデートに憧れていた。俺にも大人らしく酒を嗜んでほしいと思っているかもしれない。

「わ、わかりました。でも、少しだけですよ？」

「ふふっ。そうこなくっちゃ」

ご機嫌な千鶴さんはグラスにビールを注いでいく。俺はそれをぐびぐびと一気に喉に流し込んだ。

「ぷはぁー！」

空のグラスをテーブルに置き、勢いよく息を吐く。

あれ……もっとしんどいかと思ったけど、意外と楽に飲めたな。少し顔は熱いけど、もう少し飲んでも平気だろう。

千鶴さんはというと、嬉しそうに両手を叩いてはしゃいでいる。

「おおっ、いい飲みっぷりだ！　葵ちゃん！　雄也くん、すごくかっこいいな！」

「は、はい……ちょっと雄也くん。あまり深酒はしないほうが……」

「大丈夫だよ。まだ意識はある」

「なくなる前に控えてください！」

葵は頬をふくらませて俺に小言を言った。怒った顔も可愛いなぁ、俺の恋人は。

一気飲みしたせいだろうか。なんだか楽しくなってきたぞ。

「千鶴さん。立場が上だからって、自分だけ大瓶とかズルいですよ。何様のつもりですか」

「ゆ、雄也くーん？　いくら酒の席でも、上司にその口の利き方は良くないと思うよ？」

飯塚さんが「こいつヤバいかも」みたいな顔で俺に注意した。

「はぁ。飯塚さんは何もわかってませんねぇ」

「どうかな？　たぶん、雄也くんよりかは状況を把握しているつもりだけど……」

「俺が尊敬してやまない千鶴さんが教えてくださったこと、忘れたんですか？」

「さあ？　なんか言ってたっけ？」

「ならもう一度、俺が教えてあげますよ。宴会はですね……悪ガキだったあの頃に戻っていいんです。だから、今日は無礼講！　上下関係？　マナー？　礼節？　今宵、ヤツらは死んだ！　そうですよね、千鶴さん⁉」

「ふははは っ！　そのとおりだよ、雄也くん！　酒を飲んだ我々の前では、国家権力さえ無力ッ！」

「そんなわけあるかい！」

飯塚さんのツッコミを無視し、千鶴さんは俺のグラスにビールを注いだ。

「雄也くん。ようやく私の飲み相手に立候補してくれたね。嬉しいよ」

「はい！　喜んでお相手させていただきます！」

「ふふっ。さすが仕事のできる男は違うな。よっ、日本一！」

「……はぁ。ついていけないわー」

飯塚さんは葵の視線を手でカットして、「あれは駄目な大人たちだよ。見ちゃいけません」と注意した。ちょっと手どけてよ。可愛い恋人の顔が見えないでしょうが。

「ささっ、雄也くん。まだまだビールはあるぞ」

「いただきます、千鶴さん！」

酒を飲む。注いでもらう。楽しく話す。そしてまた飲む。それの繰り返しだった。

次第にテンションも上がり、話題は葵に移る。

「聞いてくださいよ、千鶴さん。葵は本当にいい子なんです。まず見て。可愛い。ここまではいいですか？」

「ぷっ……ははは！　ゆ、雄也くんが壊れたぞ！　これは傑作だ！」

目の前で千鶴さんは大笑いしている。

なんだ？　俺、何かおかしいこと言ったか？　葵が可愛いなんて、海が青いのと同じくらい自明の理だろうに。

不思議に思っていると、葵が俺の肩をちょんちょんと叩いた。

「雄也くん。酔っ払ってテンションがおかしくなっています。恥ずかしいから、もうそのへんで……」

「止めるな、天使」

「誰が天使ですか。葵です。よく見てください」

「わかった。よく見る」

　顔をぐいっと近づける。お互いの鼻先がちょんとぶつかった。

「ち、近すぎです……ばか」

　葵は頬を赤くしてうつむいた。相変わらず照れ屋さんだなぁ。

　だが葵の言うとおり、一気飲みしてからテンションが高い自覚はある。飲み過ぎて彼女に心配をかけるのは本意ではない。お酒を飲むペースは抑えるか。

　そのかわり……葵の自慢は続行する！

「千鶴さん。葵は料理も上手なんですよ。中でもハンバーグがとても絶品でね。ほっぺたが落ちそうなくらい美味しいんです。将来、いいお嫁さんになること間違いなし！」

「そ、そうだな……ぷくくっ、ははっ！」

「俺ね、授業参観にも行ったんです。そしたらね……葵、先生にめっちゃ褒められてて。いやー、誇らしかったですね。枕草子を現代語訳しちゃうとか、すごくないですか？　俺もう感動しちゃいました！　いとをかし！」

「雄也くん！　もうやめてぇ、恥ずかしいからぁ……！」

顔を真っ赤にする葵を他所に、俺は彼女のことを自慢し続けたのだった。

◆

酔いが醒めた俺は、旅館の温泉に入ったあと、割り当てられた部屋に戻った。

今回の旅行では、一部屋に二人が割り当てられている。しかし、俺は一人部屋だ。男性は参加人数が奇数だったため、一人余ったのである。誰かと同室だと気を遣うので、俺としてはラッキーだった。

火照った体を冷ますため、ベランダに出た。

耳元を風が音を立てて吹き抜けていく。十月の夜風は少し肌寒いが、体を冷ますのにはちょうどいい。

星空を見ながら、俺は宴会場での出来事を振り返る。

「……やっちゃったよ」

俺の記憶が間違っていなければ、千鶴さんに酒を勧められて以後、だいぶ飲まされた。

そしてほろ酔い気分になった俺は、葵の自慢話を延々と……。

一応、姪っ子自慢であるかのように話したが、もはや恋人自慢みたいなものだった。今思えば、千鶴さんが大笑いしていたのも、俺が惚気ている様子を面白がっていたのだろう。

「あぁぁぁ……マジでだせぇぇぇ……！」

葵にもだいぶ迷惑をかけたと思う。あとで謝らないといけない。

このあと葵と会う約束をしている。謝るだけではなく、例のプレゼントを渡したい。準備をして、早く会いに行かなければ。

ベランダから部屋に戻ると、ドアがノックされた。

こんな夜遅くに客人とは、なんと間の悪い。いったい誰だ？

返事をする前にドアが少し開き、隙間から女性の顔だけがひょっこり現れる。

「やあ、雄也くん」

「ちっ、千鶴さん⁉」

「体調はどうだ？　気持ち悪くなったりしていないかい？」

「はい。大丈夫です……あの、宴会場では見苦しいところをお見せしてすみませんでした」

「なあに、謝る必要はないさ。実に面白いものを見せてもらったよ。君、葵ちゃんのことが本当に好きなんだな」

言われて頬が熱くなる。もう酒はこりごりだ。

「ところで、特別ゲストをお届けに上がったんだが、部屋に通してもいいかい？」

「特別ゲスト？　あの、これから葵のところに行こうかと思っているんですけど……」

「ほう。なら好都合だ」

ドアが完全に開く。そこに立っていたのは浴衣姿の二人だった。

当然、一人は千鶴さんだ。

そして、もう一人は……。

「あ、葵!?　どうしてここへ？」

「あの……千鶴さんに『今日はもう遅い。お部屋デートにしなさい』と言われて……」

「お、お部屋デート？」

千鶴さんのことだ。俺と葵が二人きりになれるように、気を利かせてくれたのだろう。

……などという甘い考えは、ニヤニヤしている千鶴さんを見て一瞬で吹き飛んだ。

あの笑顔……さてはまた何かよからぬことを企んでいるな？

警戒していると、千鶴さんは軽く頭を下げた。

「雄也くん。宴会場では私に付き合わせて悪かった」

「へ？　い、いえ。俺の意思で飲んだので、千鶴さんのせいじゃないですよ」

「いや。それでは私の気が収まらない。何か礼をさせてほしい……というわけで、葵ちゃんを連れてきたんだ」

「あの、話が見えないんですが……」

「なあに。簡単なことさ。今晩は君と葵ちゃんを二人きりにさせてあげようと思ってな」

「今晩は二人きりって……まさかこの人……！」

「うむ。朝まで部屋に二人きりだ。夜通しイチャイチャしてくれたまえ」

「しないよ⁉」

さすがに余計なお節介すぎる。

葵とそういうことをするつもりはないし、もし他の社員にバレたらどうするんだ。みんなには『姪っ子の女子高生』として紹介しているんだぞ？　どう考えてもアウトだろ。

「遠慮する必要はないよ、雄也くん。バスの中で言っただろ？　一発を期待してくれって。一発とは言わず、二発、三発と、ベッドの中で好きなだけイチャつくがいい」

「未成年の前で卑猥な伏線回収やめてくれます⁉」

「雄也くん。どういう意味ですか？」

「葵はちょっと黙っていなさい。今は大人同士で話し合っている最中だから……あれ？　千鶴さん、どこ行った？」

後ろに気配を感じて振り返る。

千鶴さんはこっそり室内に侵入し、部屋の鍵を回収していた。

「ちょ、部屋の鍵を持ってどうするつもりですか？」

「朝、葵ちゃんを迎えに来るよ。それまでごゆっくり」

「ええっ!?　ま、待ってください、千鶴さん！　さすがに同じ部屋で寝るのはマズい――」

ばたん。

俺の言い分を聞かず、千鶴さんは去っていった。

静かになったところで、ふと葵と目が合う。

彼女は照れくさそうに笑った。

「ごめんなさい。デートのお誘いを待てずに来てしまって……」

「いや、いいんだ。俺のほうこそ、酔いが醒めるまで時間かかってごめん」

本当に失態だった。この年になって飲み過ぎるとは一生の不覚である。

「その……とりあえず、中に入りなよ」

「はい。失礼します」

葵を部屋に招き入れ、窓際のテーブル席に腰を下ろす。

二人で窓の外に広がる夜空を見上げる。手から零れ落ちた砂金みたいに星屑が瞬いていた。都会よりも空気が澄んでいるせいか、今宵は星がよく見える。

　静かな空間で星々を眺めていると、葵は「雄也くん」と口を開いた。

「今日は旅行に連れてきてくれて、本当にありがとうございました」

「どういたしまして。楽しんでもらえたかな？」

「はい。その……告白されてすごく嬉しかったです。他にもドライブやサプライズケーキ、ペアのキーホルダー……どれもいい思い出になりました。遠慮せずリクエストして本当によかったです」

「そう言ってもらえて嬉しいよ。これからは、もっと俺に甘えていいんだからね？」

　俺は葵に微笑みかけた。

　しかし、彼女の表情はわずかに曇っている。

「……やっぱり、まだ少しだけ遠慮しちゃうときがあるんです。だって、いきなり押しかけて強引に二人暮らしを始めたんですから。私にとっては、人生最大のワガママなんですよ？　こんなお願いを聞いてもらえて、他に欲しいものなんておねだりできません」

「葵。だから、それは迷惑なんかじゃ……」

「雄也くん。こういう特別な日だからこそ、お互い本音でお話しできると思うんです。ほんの少しだけ、聞いてください」

葵の語気が普段より強い。

いつもと違う雰囲気を感じ、言いかけた言葉を飲み込んだ。

「……わかった。話の続きを頼む」

「ありがとうございます。あの、私、他にも不安なことがあるんです」

「不安なことって?」

「……私なんかが、雄也くんと結ばれてもいいのかなって」

「え……どういうこと?」

「雄也くんには私みたいな小娘よりも、大人の女性のほうがお似合いなんじゃないか。雄也くんが優しすぎるから、自分に付き合ってくれているのではないか……雄也くんは本当に幸せなのか。家で一人、雄也くんの帰りを待っていると、ふと考えるときがあるんです」

葵は不安気な表情のまま話を続ける。

「『葵の幸せが俺の幸せ』……以前、雄也くんが言ってくれた言葉です。覚えていますか?」

「ああ。もちろんだよ」

この旅行の話を葵に持ちかけたとき、遠慮する葵に投げかけた言葉だ。葵にワガママになってほしくて、その言葉が自然と口から出たのを覚えている。

「その言葉に、どれほど救われたか。ああ、私の『楽しい』や『嬉しい』は、雄也くんと共有できるものなんだ……そう思ったら、少しずつワガママを言おうって思いました」

「そうか……だから、デートのリクエストもたくさん言ってくれたんだね？」

「はい。二人で幸せになりたかったので……でも、やっぱりまだ少し不安です。女子高生なんて、大人の男性は興味ないんじゃないかとか。ワガママを言ったら、子ども扱いされちゃうんじゃないかとか。いろいろ考えてしまうんです」

葵は「今日のデートは楽しすぎて、すっかり忘れていましたけど」と照れくさそうに付け足した。

そうか……葵の遠慮の背景は『年齢差』からくるものだったんだ。『大人っぽいデート』をリクエストしたのも、『一人の女性として意識してほしい』という想いもあったんだろう。

葵。勇気をだして、本音を語ってくれてありがとう。

次は俺が気持ちを伝える番だ——君の、恋人として。

葵の不安をかき消すように、柔らかい声で俺は言った。

「……葵と暮らし始めたときは、保護者として頑張ろうって思っていたんだ」

葵の肩がびくっと震える。

「でも、今は違う」

葵の手をそっと握る。

顔を上げた葵の表情はまだ不安そうだった。

「葵と暮らしているうちに、本気で葵と結ばれたいって思うようになった。葵のこと、一人の女性として好きだから告白したんだ」

今晩はよく口が回る。もう酒は抜けているはずなのに。何故なんだろう。心の内側にある温かい感情があふれて止まらない。

「年齢差なんて関係ない。誰と結ばれたほうが幸せとか、そんな御託も必要ないんだ。大好きな葵と一緒にいたい……俺はこの気持ちが一番大事だと思っている。葵も同じ気持ちだと嬉しいな」

「それは……私も、そう信じたいです……」

「そっか……それでもまだ不安だって言うなら、俺がその不安を吹き飛ばす魔法をかけてあげる」

ふと葵と初めて出会った遠い日を思い出す。

あのときも、俺は葵を守るために魔法を使った。

俺はあの頃のようなイケメンじゃない。傍から見たら、くたびれた社会人なのだろう。

もうキラキラした魔法の言葉は思い浮かばないけれど。

大好きな人の曇った表情に、笑顔を咲かせることはできる。

「葵。受け取って欲しいものがあるんだ」

サプライズの本命はドライブでもケーキでもない。とっておきのプレゼントがまだ残っている。

俺は鞄から掌サイズの青い箱を取り出して、それを葵に見せた。

葵は目を見開き、はっと息を呑む。

「雄也くん、これって……」

「うん。葵によく似合うと思う」

ゆっくりと箱を開ける。

中身はプラチナの指輪だ。わずかばかりのダイヤモンドが、星の光に照らされて上品な輝きを放っている。

「この指輪に誓うよ。俺は葵を愛している。昔の口約束じゃなくて……正真正銘、婚約の証として指輪を受け取ってくれないか？」

「雄也くん……ありがとう、ございます……！」

葵は瞳から大粒の涙をこぼした。

窓から差し込む月光に照らされた彼女の表情は、満天の星に負けないくらい美しい。

「葵。手を出して」

「……はい！」

浴衣の袖で目元をごしごしと拭い、左手を差し出す葵。

俺は彼女の薬指に指輪をはめた。

「サイズはどう？」

「ぴったりです。どうやって調べたんですか？」

「それは……葵が寝ているすきに」

「……寝顔も見たんですか？」

「ちょっとだけ。可愛かったよ」

「ばか……でも、今回は特別に許してあげます」

葵は、くすっとさえずるように笑った。その柔らかい表情は、いつもよりずっと大人びて見える。

そっと手を握り、二人で星空を眺める。俺たちの間に言葉はないけれど、とても心地よい時間が流れていく。

しばらくして、葵が言いにくそうに口を開いた。

「あの、雄也くん。そろそろ寝ようと思うのですが……」

「そうだね。今日はいろいろあって疲れたもんな」

「はい。その、寝床ですが……ひさしぶりに一緒に寝ませんか?」

「なんだって?」

恋人同士が仲良くベッドで寝ること自体は問題ない。

だが、相手は女子高生。特別な関係になったからといって、同じベッドでイチャつくのは駄目だ。

「葵。いくらなんでも、そのお願いはさすがに……」

「一緒に寝てくれたら、不安な気持ちもなくなると思うんです……だめ、ですか?」

葵は上目づかいで俺を見た。その瞳はうるうるしている。

また無自覚に甘えてこの子は……いやこれ本当に無自覚か? 断りにくい状況に持っていくの、上手すぎるんだが。

「……わかった。一緒に寝よっか。今日だけ特別だよ?」

「雄也くん……はい。ありがとうございます」

俺は心の中で「一緒に寝るだけで何もしない! 何も起きない!」と自分に言い聞かせる。愛する彼女を安心させたいという、彼氏として当然の責務を果たすだけ。断じて千鶴さんが言っていたようなことを期待しているわけではない。

立ち上がっても、葵は俺の手を離さなかった。手を繋いだまま部屋の電気を消して、二人で一つの布団の中に入る。

「狭いですね」

「葵がくっつくからだよ」

「違います。雄也くんがくっつくからです」

「それは悪かった。少し離れようか？」

「むー……意地悪です」

薄暗い部屋の中でも、葵の頬がふくれているのがわかる。「葵のその反応、可愛い」と口にしたら、甘い雰囲気になってしまうから言わないけれど。

「あはは、ごめんよ……なぁ、葵。これからはもう遠慮するなよ？　好きな人のワガママなんて、ワガママのうちに入らないんだから」

尋ねると、葵は曖昧に笑った。

「それは……できるだけ努力します」

「ええー……」

これだけ好きって気持ちを伝えても、まだ不安があるっていうのか。女子高生の恋人は難しすぎる。

「もしかして、俺に何か問題があるとか？」

「そうじゃないんです。ただ……ワガママを言いすぎるのも怖くて」

「怖い？」

「……ワガママな女だって愛想をつかされたくないもん」

「えっ？」

「嫌われたくないもん。おばあちゃんになっても、好きでいてもらいたいもん……だから、簡単にワガママな女の子にはなれませんよ？」

甘えるような声が耳元で囁かれた。

おばあちゃんになってもって……『一生ラブラブでいたいから、ワガママ言えないもん！』って意味だよな？

反則級の可愛さにドキドキする。

ワガママ言われたくらいで嫌ったりしないから。俺が葵のこと、どんだけ好きだと思っているんだよ。

……言いたいけど、言えない。これ以上ベッドの中で甘い雰囲気になったら、俺も葵も理性が吹っ飛びかねないからだ。

なんだよ、この生殺しの状況は。全部千鶴さんのせいだぞ、ちくしょう。

悶々としていると、葵の甘ったるい声が鼓膜を震わせる。

「雄也くん……最後にワガママを一つだけいいですか？」

いいよ。何でも言ってごらん？

俺がそう返事をする前に、葵の顔が近づいてくる。

葵は静かに目を閉じた。

「雄也くん……大好きです」

次の瞬間(しゅんかん)、頬に柔らかいものが押し当てられる。

キスされた。

そう思った瞬間、頬がかあっと熱くなる。

「こ、これ以上は駄目ですからね？」

葵は俺から素早(すばや)く離れ、「おやすみなさい！」と早口で言い、目を閉じてしまった。

自分からキスしておいて、照れた挙句に寝て誤魔化(ごまか)すってなんだよ……あまりの尊さに魂(たましい)が抜けるところだったぞ。

しかも、大好きって言われた……俺もなんですけど。自分だけ言って逃(に)げるの、ズルくない？

駄目だ。この気持ちだけは伝えないと眠(ねむ)れそうにない。

俺は葵の頭を優しくなでた。

「俺も大好きだよ。おやすみ、葵」

葵は目を閉じたまま、返事をしなかった。そんなに早く眠れるわけがない。たぶん寝たフリだ。電気を付けたら、葵の顔はきっと真っ赤なのだろう。

しばらくして、静かな寝息が聞こえてきた。

こっそり彼女の顔を覗き込む。

「……ふふっ。幸せそうな寝顔だ」

何かいい夢でも見ているのだろうか。

そんなことを考えながら、俺は眠りについた。

◆

まぶたにほんのり熱を感じ、次第に意識が覚醒していく。

薄っすらと目を開ける。窓の外から朝陽が差し込み、部屋全体が明るくなっていた。しまった。寝る前にカーテン閉めるのを忘れていたのか。

「もう朝か……ん？」

腕が妙に重たいことに気づき、隣を見る。

葵は俺の腕を枕にして眠っていた。

「……寝顔、天使すぎるだろ」

とても可愛い寝顔だが、いつまでも見ているわけにはいかない。早く千鶴さんに連絡を取らないと。

しかし、動こうと思っても、葵が腕枕をしているから動けない。はて、どうしたものか……。

がちゃ。

唐突に部屋のドアが開き、心臓がばくんと跳ねる。

ヤバい。こんなところ誰かに見られたら社会的に死ぬぞ……！

「おはよう、雄也くん。昨晩はお楽しみだったかい？」

部屋に入ってきたのは千鶴さんだった。

そうか。千鶴さんは昨晩、鍵を持って部屋を出たんだっけ。

事情を知っている千鶴さんなら大丈夫……なわけがなかった。

同じ布団で葵と寝ているこの状況は非常にマズい。

「ち、千鶴さん！　違うんです、これは……！」

「雄也くん……うっわ、マジか」

「誤解です！　何もしていません！　というか、なんでちょっと引いてるの⁉　千鶴さんがけしかけたんだよねぇ⁉」

「私は初心（ウブ）な雄也くんをからかいたかっただけで……その、なんか申し訳ない」

「いたたまれない顔で謝るな！　本当に何もなかったからね⁉」

「大声を出してもいいのかい？　彼女が起きてしまうぞ」

千鶴さんに言われてはっとする。

ふと葵を見る。彼女は幸せそうな寝顔のまま、むにゃむにゃと口を動かしていた。

「雄也くん……そんなに激しくしたら、めっ、ですよ？　ふみゅぅ……」

夢の中の俺が何かしていた。死にたい。

「……私の力ではかばいきれないな。不甲斐（ふがい）ない上司ですまない。出所したら祝わせてくれ」

そしてこの犯罪者扱いである。部下の言い分に耳を貸さない酷（ひど）い上司だ。

この状況では、もはや何を言っても無駄（むだ）だ。あきらめて、あとで葵に誤解を解いてもらおう。

「それで千鶴さん。何か用があったんじゃないんですか？」

「ああ、そうだった。葵ちゃんを引き取りに来たんだが……まだ寝ているね」

「起こしますか？」

「いや、いい。一時間後に朝食がある。その前に葵ちゃんを部屋に届けてもらえればかまわないよ。これで昨晩起きた事件のアリバイは完璧だ」

「だから、なんで犯罪者扱いなんですか……」

「用件はそれだけだ。くれぐれも上手くやるようにね」

そう言い残し、千鶴さんは鍵を置いて部屋を出ようとする。

「あの、千鶴さん！」

「ん？　なんだい？」

「思い出に残る社員旅行になりました。今回の件、本当にありがとうございました」

礼を言うと、千鶴さんは面喰らった顔をしたが、すぐに破顔した。

「はっはっは。私も昨晩は楽しかったよ。素敵な時間をありがとう」

楽しそうに言って、千鶴さんはドアを閉めた。

「さて。あまりゆっくりもしていられないな……葵、起きて」

体をゆさゆさと揺さぶる。

葵は重たそうにまぶたを開けたと思ったら、はっと目を見開いた。体を起こし、あたふたしている。

「す、すみません。寝坊してしまいました。今すぐ朝食の準備をするので、その間に雄也くんは身支度を……」

「ははっ。寝ぼけてるの？　朝食の準備は必要ないよ。今は旅行中だぞ？」

「え？　あっ……！」

葵の顔がみるみるうちに赤く染まっていく。

「そ、そうでしたね」

「よく眠ってたね。何か夢を見ていたみたいだったけど……」

「はい。雄也くんと車でお出かけする夢でした」

「へえ。楽しかった？」

「ええ。雄也くんとデートするの、私にとって幸せな時間ですから」

「そっか……じゃあ、またデートに行こう。二人でたくさん思い出を作ろうよ」

「雄也くん……ふふっ。楽しみにしていますね」

はしゃぐ葵だったが、何かに気づいたようにはっとした。

「……ところで、さっき『夢を見ていたみたい』と言いましたね？」

「うん。言ったね」

「もしかして……私、寝言でも言っていたんですか？」

ふと先ほどの寝言が脳裏に蘇る。完全に俺とイチャイチャしている夢なんだよなぁ……

うん。深く追及するのはやめておこう。

「いや。なんか幸せそうな顔していたから、楽しい夢でも見ているのかなって思っただけ」

「そうでしたか……でも、寝顔は見たんですね？」

葵はむすっとした顔で俺を睨んだ。

その可愛らしい表情をもっと見たい衝動に駆られる。

「ああ。イビキもかいてたぞ」

「ほ、本当ですか⁉」

「嘘。可愛い寝息を立てていたよ」

「んもう！　雄也くん、ひどいです！　ばか！」

葵は俺の肩をぽかぽか叩いた。

こんな陽だまりみたいな温かい日常が続けばいいなと思う。

そのためにも、仕事も家事も今より頑張らないとな。

「さ、そろそろ準備しよう。葵は早く自室に戻らないと」

「そうですね……って、話はまだ終わっていません。だいたい、雄也くんはいつもいつも……」

葵に小言を言われながら、身支度を整える。

これもまた、いつもの温かい日常だなと思った。

◆

旅行から帰ってきた、翌日のこと。

会社から帰ってきた俺は、部屋で晩ご飯を作りながら葵の帰りを待っている。

葵は瑠美の家に遊びに出かけた。旅行で買ったプリンのお土産を届けに行き、彼女の家で遊んでから帰宅することになっている。

今朝、葵は「晩ご飯は私が作るので待っていてくださいね？」と言っていたが、俺は内緒で晩ご飯を作ることにした。たまには葵に休んでもらおうという、労いのサプライズである。

メニューはキャベツの千切りを添えた生姜焼き。それに味噌汁をつけた簡素なものだ。料理初心者の俺にしては上出来だろう。

肉を焼き、香ばしい匂いが立ち込める中、玄関のドアが開いた。

「ただいま、雄也くん」

「おかえり、葵」

当たり前のやり取りに、おもわず頬が緩む。

ふと同居初日のことを思い出す。

あの日、葵は余所余所しく「お邪魔します」と言って部屋に入ったっけ。でも、今はちゃんと「ただいま」って言ってくれる。

小さな変化かもしれないけど、俺にとってはすごく嬉しい。

「雄也くん、聞いてください。あのブタさんの容器、瑠美さんも気に入ってくれて……あれ？　この香り、もしかして……！」

どたどたどたっ！

私服姿の葵がキッチンに走ってきた。

「雄也くん、お料理してるんですか⁉」

「うん。今晩は生姜焼きだ」

「えっと……お願いしちゃってもいいんですか？」

「いいんだ。俺がやりたいからやってるんだから」

「そうですか……わかりました。楽しみにしています」

葵は柔らかい笑みを浮かべた。その手には、おそろいのキーホルダーのついた鍵が握られている。

以前までの葵だったら、「いえいえ、悪いですよ！　私、遊んできたんですから料理くらいやります！」と、遠慮していたのに違いない。少しずつだけど、葵は遠慮せずに生活できるようになっている。

「……なんか幸せだな」

ぽつりとつぶやくと、葵は頬を赤くして「はい。すごく幸せです」と返事をした。うん。甘え方も上手くなっているようで何よりだ。

「雄也くん。どうかしましたか？」

「いや。俺の彼女、めちゃくちゃ可愛いなって」

「んなっ……ふ、不意打ちは卑怯ですよ！」

葵はさらに顔を赤くして、俺の背中を軽く叩いてきた。

「ちょ、危ないって！　肉焼いてるんだから！」

「知りません。雄也くんのせいです。ばか」

俺のせいと言われても、葵が可愛いのは本当のことだろ？

……などと言うと、また甘々な雰囲気になるからやめておこう。

「もう少し待っててね、葵。もうすぐ焼けるから」

「わかりました。では、食器を用意して待っています」

葵はとことこ走り、鞄を置いて食事の準備を始めた。

火を止め、肉とキャベツを盛り付ける。ご飯を茶碗に盛り、味噌汁をお椀に入れて完成だ。

食卓に並んだご飯を見て、葵はくすっと笑った。

「美味しそうです。雄也くんの作った生姜焼き、楽しみですね」

「……なんだか緊張するな。まるで弟子が師匠に味を見てもらう気分だよ」

「ふふっ。では、料理が冷めないうちに、白鳥先生の実食のお時間です」

葵は悪戯っぽく笑い、手を合わせた。

「いただきます」

葵は生姜焼きに手を伸ばし、ゆっくりと口に運んでいく。もぐもぐと味わうように咀嚼し、やがてごくりと飲み込んだ。

「ど、どうだった？」

俺は緊張しながら葵に尋ねた。

「すごく美味しいです。味付けもしつこくなくて、食べやすいですね」

葵は味噌汁を一口すすり、「うん。お味噌汁も美味しい」と料理を褒めた。

「よかったぁ……ちゃんと調理できたか不安だったんだ」

「バッチリだと思います。ふふっ、これからも頼みますよ？」

「うん。今後はレパートリーを増やしてみる」

「あはは、そうですね。いつも生姜焼きだと飽きちゃいます」

葵は左手で口元を押さえて笑った。その手の薬指には、婚約指輪がはめられている。「学校にはつけていけないから、お出かけのときにつけたいです」とのことで、今日は身につけているようだ。

葵は以前よりもよく笑うようになった気がする。少しずつだけど、遠慮せずに甘えてくれるようにもなった。

彼女だけでなく、俺自身もだいぶ変わったと思う。少し前まではくたびれたおっさんだったけど、今は違う。仕事は順調だし、家事を手伝える余暇ができた。

俺たちは互いに影響し合い、ゆっくりと成長している。

これからも、そういう素敵な関係を築いていきたい。

「今日は瑠美ちゃん家で何して遊んだの？」

「はい。まずはお土産のプリンを食べて、それから――」

葵は表情をころころと変えながら、楽しそうに今日の出来事を話している。

この先、もっとワガママになった君は、どんな表情を見せてくれるだろうか。
そんなことを考えながら、葵の話を聞くのだった。

あとがき

読者の皆様、こんにちは。

はじめまして、ではない方はしばらくぶりです。作者の上村夏樹（うえむらなつき）でございます。

さて。私の『好き』がたくさん詰まった今作ですが、一言で表すと『くたびれサラリーマンと甘えベタな世話好き女子高生の甘い共同生活』となります。

本書を手に取ってくださった皆様、想像してみてください。「甘えベタな可愛い女の子にお世話されて癒される」というシチュエーション、いいなと思いませんか……え？　年下の可愛い女の子に「もう。仕方ないですね」とか「こら、ちゃんとしなさい！」と小言を言われつつ、いっぱいお世話されたい？　ですよね、その気持ちわかります！　やっぱり読者の皆様はわかっていらっしゃるなぁ！（※ここまで迫真の一人芝居）

非現実的なシチュエーションであることは理解しております。

ですが、楽しく妄想するのは自由。

そして、その妄想がこうして一冊の本になり、皆様にお届けできるのですから、ライトノベルの懐の広さには感謝しかありません。

読者の皆様には「ちゃん可愛い！」「こんな同居人がほしい人生だった……」「うらやましい！」と思っていただけるように、とにかくヒロインの葵を可愛く書きました。葵のファンになっていただけましたら嬉しいです。もちろん、雄也や千鶴（ちづる）先輩のファンも大歓迎！

以下、謝辞です。

担当編集者様。企画段階から根気強く面倒を見てくださり、ありがとうございました。いただいたアドバイスがなければ、今作の魅力を十分に引き出せなかったです。いや本当にお世話になりっぱなしで感謝しかない……！

イラスト担当のParum先生。魅力的なキャラクターを描いてくださり、ありがとうございました。どのキャラも本当に可愛いのですが、特にヒロインの葵は、まさに「甘えベタな可愛い女の子」というイメージが形になったことに感動いたしました。「無自覚に甘えてきそうな女の子だなぁ」と、暗い部屋で一人ニヤニヤさせていただいております。

校正、デザインなど、制作に携わった皆様、本当にありがとうございました。この本を読者に届けることができたのは、皆様のお力添えのおかげです。

最後に読者の皆様へ。お読みいただき、ありがとうございました！

HJ文庫 https://firecross.jp/
1065

くたびれサラリーマンな俺、7年ぶりに再会した美少女JKと同棲を始める1

2023年2月1日　初版発行

著者── 上村夏樹

発行者─松下大介
発行所─株式会社ホビージャパン

〒151-0053
東京都渋谷区代々木2-15-8
電話　03(5304)7604（編集）
　　　03(5304)9112（営業）

印刷所──大日本印刷株式会社

装丁──AFTERGLOW／株式会社エストール

ISBN978-4-7986-3074-8　C0193